莎士比亚全集·中文本（典藏版）

William Shakespeare: Complete Works

[英] 威廉·莎士比亚（William Shakespeare）
辜正坤 主编 / 解村 译

无事生非

Much Ado about Nothing

外语教学与研究出版社
北京

京权图字：01-2016-4996

图书在版编目（CIP）数据

无事生非 /（英）威廉 · 莎士比亚（William Shakespeare）著 ；解村译. 北京 ：外语教学与研究出版社，2024. 6. --（莎士比亚全集 / 辜正坤主编）.
ISBN 978-7-5213-5334-1

I. I561.33
中国国家版本馆 CIP 数据核字第 2024WA0115 号

无事生非
WUSHI-SHENGFEI

出 版 人　王　芳
项目负责　邢印姝　郭芮萱
责任编辑　都楠楠
责任校对　徐　宁
封面设计　张　潇
出版发行　外语教学与研究出版社
社　　址　北京市西三环北路 19 号（100089）
网　　址　https://www.fltrp.com
印　　刷　三河市紫恒印装有限公司
开　　本　710×1000　1/16
印　　张　9.5
字　　数　152 千字
版　　次　2024 年 6 月第 1 版
印　　次　2024 年 6 月第 1 次印刷
书　　号　ISBN 978-7-5213-5334-1
定　　价　68.00 元

如有图书采购需求，图书内容或印刷装订等问题，侵权、盗版书籍等线索，请拨打以下电话或关注官方服务号：
客服电话：400 898 7008
官方服务号：微信搜索并关注公众号“外研社官方服务号”
外研社购书网址：https://fltrp.tmall.com

物料号：353340001

出版说明

1623 年，莎士比亚的演员同僚们倾注心血结集出版了历史上第一部《莎士比亚全集》——著名的第一对开本，这是三百多年来许多导演和演员最为钟爱的莎士比亚文本。2007 年，由英国皇家莎士比亚剧团（Royal Shakespeare Company）推出的《莎士比亚全集》，则是对第一对开本首次全面的修订。

本套《莎士比亚全集》新汉译本，正是依据当今莎学界最负声望的皇家版《莎士比亚全集》翻译而成。译本的凡例说明如下：

一、文体： 剧文有诗体和散体之分。未及最右行末即转行的为诗体。文字连排、直至最右行末转行的，则为散体。

二、舞台提示：

1）角色的上场与下场及其他舞台提示以仿宋体排出，穿插于剧文中的舞台提示以圆括号进行标注，如：（对亨利王子）。

2）舞台提示中的特殊符号。译本所依据的皇家版《莎士比亚全集》的编辑者对舞台提示中的不确定情形以特殊符号予以标注，译本亦保留了这些符号：如（旁白？）表示某行剧文既可作为旁白，亦可当作对话；又如某个舞台活动置于箭头↓↓之间，表示它可发生在一场戏中的多个不同时刻。

三、脚注： 脚注中除标注有“译者附注”字样的，均译自或改编自皇家版《莎士比亚全集》注释。脚注多为对剧文中背景知识及专名的解释，以使读者更好地理解剧情；亦包含部分与英文原文相关的脚注，以使读者在品味译者的佳文时，亦体验到英文原文的精妙。

四、文本：译本以第一对开本为蓝本，部分剧目中四开本与之明显相异的段落亦有译出，附于正文之后，供读者参考。

此《莎士比亚全集》新汉译本历经策划、翻译、编辑加工和印装等工序，各个环节的参与者均竭尽全力，力求完美，但由于水平、精力所限，难免有所错漏，敬请广大读者赐教指正。

外语教学与研究出版社

综合出版事业部

莎士比亚诗体重译集序

辜正坤

他非一代骚人，实属万古千秋。

这是英国大作家本·琼森（Ben Jonson）在第一部《莎士比亚全集》（*Mr. William Shakespeares Comedies, Histories, & Tragedies*, 1623）扉页上题诗中的诗行。三百多年来，莎士比亚在全球逐步成为一个家喻户晓的名字，似乎与这句预言在在呼应。但这并非偶然言中，有许多因素可以解释莎士比亚这一巨大的文化现象产生的必然性。最关键的，至少有下面几点。

首先，其作品内容具有惊人的多样性。世界上很难有第二个作家像莎士比亚这样能够驾驭如此广阔的题材。他的作品内容几乎无所不包，称得上英国社会的百科全书。帝王将相、走卒凡夫、才子佳人、恶棍屠夫……一切社会阶层都展现于他的笔底。从海上到陆地，从宫廷到民间，从国际到国内，从灵界到凡尘……笔锋所指，无处不至。悲剧、喜剧、历史剧、传奇剧，叙事诗、抒情诗……都成为他显示天才的文学样式。从哲理的韵味到浪漫的爱情，从盘根错节的叙述到一唱三叹的诗思，波涛汹涌的情怀，妙夺天工的笔触，凡开卷展读者，无不为之拊掌称绝。即使只从莎士比亚使用过的海量英语词汇来看，也令人产生仰之弥高的感觉。德国语言学家马克斯·缪勒（Max Müller）原以为莎士比亚使用过的词汇最多为15,000个，事后证明这当然是小看了语言大师的词汇储藏量。美国教授爱德华·霍尔登（Edward Holden）经过一番考察后，认为至少达 24,000 个。可是他哪里知道，这依然是一种低估。有学者甚至声称用电脑检索出莎士比亚用的词汇多达 43,566 个！当然，这些数据还不是莎士比亚作品之所以产生空前影响的关键因素。

其次，但也许是更重要的原因：他的作品具有极高的娱乐性。文学作品的生命力在于它能寓教于乐。莎士比亚的作品不是枯燥的说教，而是能够给予读者或观众极大艺术享受的娱乐性创造物，往往具有明显的煽情效果，有意刺激人的欲望。这种艺术取向当然不是纯粹为了娱乐而娱乐，掩藏在背后的是当时西方人强有力的人本主义精神，即用以人为本的价值观来对抗欧洲上千年来以神为本的宗教价值观。重欲望、重娱乐的人本主义倾向明显对重神灵、重禁欲的神本主义产生了极大的挑战。当然，莎士比亚的人本主义与中国古人所主张的人本主义有很大的区别。要而言之，前者在相当大的程度上肯定了人的本能欲望或原始欲望的正当性，而后者则主要强调以人的仁爱为本规范人类社会秩序的高尚的道德要求。二者都具有娱乐效果，但前者具有纵欲性或开放性娱乐效果，后者则具有节欲性或适度自律性娱乐效果。换句话说，对于 16、17 世纪的西方人来说，莎士比亚的作品暗中契合了试图挣脱过分禁欲的宗教教义的约束而走向个性解放的千百万西方人的娱乐追求，因此，它会取得巨大成功是势所必然的。

第三，时势造英雄。人类其实从来不缺善于煽情的作手或视野宏阔的巨匠，缺的常常是时势和机遇。莎士比亚的时代恰恰是英国文艺复兴思潮达到鼎盛的时代。禁欲千年之久的欧洲社会如堤坝围裹的宏湖，表面上浪静风平，其底层却汹涌着决堤的纵欲性暗流。一旦湖堤洞开，飞涛大浪呼卷而下，浩浩汤汤，汇作长河，而莎士比亚恰好是河面上乘势而起的弄潮儿，其迎合西方人情趣的精湛表演，遂赢得两岸雷鸣般的喝彩声。时势不光涵盖社会发展的总趋势，也牵连着别的因素。比如说，文学或文化理论界、政治意识形态对莎士比亚作品理解、阐释的多样性与莎士比亚作品本身内容的多样性产生相辅相成的效果。“说不尽的莎士比亚”成了西方学术界的口头禅。西方的每一种意识形态理论，尤其是文学理论，要想获得有效性，都势必会将阐释莎士比亚的作品作为试金石。17 世纪初的人文主义，18 世纪的启蒙主义，19 世纪的浪漫主义，20 世纪的现实主义或批判现实主义，都不同程度地、选择性地把莎士比亚作品作为阐释其理论特点的例证。也许 17 世纪的古典主义曾经阻遏过西方人对莎士比亚作品的过度热情，但是 19 世纪的浪漫主义流派却把莎士比亚作品推崇到无以复加的崇高地位，莎士比亚俨然成了西方文学的神灵。20 世纪以来，西方资本主义阵营和社会主义阵营可以说在意识形态的各个方面都互相对立，势同水火，可是在对待莎士比亚的问题上，居然有着惊人的共识与默契。不用说，社会主义阵营的立场与社会主义理论的创始者马克思（Karl Marx）、恩格斯（Friedrich Engels）个人的审美情趣息息相关。马克思一家都是莎士比亚的粉丝；马克思称莎士比亚为“人类最伟大的天才之一，人类文学奥林波斯山上的宙斯”！他号召作家们要更加莎士比亚化。恩格斯甚至指出：“单是《快乐的温莎巧妇》[1]的第一幕就比全部德国文学包含着更多的生活气息。”不用说，这些话多多少少有某种程度的文学性夸张，但对莎士比亚的崇高地位来说，却无疑产生了极大的推动作用。

第四，1623 年版《莎士比亚全集》奠定莎士比亚崇拜传统。这个版本即眼前译本所依据的皇家版《莎士比亚全集》（*The RSC William Shakespeare: Complete Works*, 2007）的主要内容。该版本产生于莎士比亚去世的第七年。莎士比亚的舞台同仁赫明奇（John Heminge）和康德尔（Henry Condell）整理出版了第一部莎士比亚戏剧集。当时的大学者、大

1 英文剧名为 The Merry Wives of Windsor，朱生豪先生译作《温莎的风流娘儿们》；重译本综合考虑剧情和英文书名，译作《快乐的温莎巧妇》。

作家本·琼森为之题诗，诗中写道：“他非一代骚人，实属万古千秋。”这个调子奠定了莎士比亚偶像崇拜的传统。而这个传统一旦形成，后人就难以反抗。英国文学中的莎士比亚偶像崇拜传统已经形成了一种自我完善、自我调整、自我更新的机制。至少近两百年来，莎士比亚的文学成就已被宣传成世界文学的顶峰。

第五，现在署名“莎士比亚”的作品很可能不只是莎士比亚一个人的成果，而是凝聚了当时英国若干戏剧创作精英的团体努力。众多大作家的智慧浓缩在以“莎士比亚”为代号的作品集中，其成就的伟大性自然就获得了解释。当然，这最后一点只是莎士比亚研究界若干学者的研究性推测，远非定论。有的莎士比亚著作爱好者害怕一旦证明莎士比亚不是署名为“莎士比亚”的著作的作者，莎士比亚的著作便失去了价值，这完全是杞人忧天。道理很简单，人们即使证明了《红楼梦》的作者不是曹雪芹，或《三国演义》的作者不是罗贯中，也丝毫不影响这些作品的伟大价值。同理，人们即使证明了《莎士比亚全集》不是莎士比亚一个人创作的，也丝毫不会影响《莎士比亚全集》是世界文学中的伟大作品这个事实，反倒会更有力地证明这个事实，因为集体的智慧远胜于个人。

皇家版《莎士比亚全集》译本翻译总思路

横亘于前的这套新译本，是依据当今莎学界最负声望的皇家版《莎士比亚全集》进行翻译的，而皇家版又正是以本·琼森题过诗的1623年版《莎士比亚全集》为主要依据。

这套译本是在考察了中国现有的各种译本后，根据新的历史条件和新的翻译目的打造出来的。其总的翻译思路是本套译本主编会同外语教学与研究出版社的相关领导和责任编辑讨论的结果。总起来说，皇家版《莎士比亚全集》译本在翻译思路上主要遵循了以下几条：

1. 版本依据。如上所述，本版汉译本译文以英国皇家版《莎士比亚全集》为基本依据。但在翻译过程中，译者亦酌情参阅了其他版本，以增进对原作的理解。

2. 翻译内容包括：内页所含全部文字。例如作品介绍与评论、正文、注释等。

3. 注释处理问题。对于注释的处理：1）翻译时，如果正文译文已经将英文版某注释的基本含义较准确地表达出来了，则该注释即可取消；2）如果正文译文只是部分地将英文版对应注释的基本含义表达出来，则该注释可以视情况部分或全部保留；3）如果注释本身存疑，可以在保留原注的情况下，加入译者的新注。但是所加内容务必有理有据。

4. 翻译风格问题。对于风格的处理：1）在整体风格上，译文应该尽量逼肖原作整体风格，包括以诗体译诗体，以散体译散体；2）在具体的文字传输处理上，通常应该注重汉译本身的文字魅力，增强汉译本的可读性。不宜太白话，不宜太文言；文白用语，宜尽量自然得体。句子不要太绕，注意汉语自身表达的句法结构，尤其是其逻辑表达方式。意义的异化性不等于文字形式本身的异化性，因此要注意用汉语的归化性来传输、保留原作含义的异化性。朱生豪先生的译本语言流畅、可读性强，但可惜不是诗体，有违原作形式。当下译本是要在承传朱先生译本优点的基础上，根据新时代的读者审美趣味，取得新的进展。梁实秋先生等的译本，在达意的准确性上，比朱译有所进步，也是我们应该吸纳的优点。但是梁译文采不足，则须注意避其短。方平先生等的译本，也把莎士比亚翻译往前推进了一步，在进行大规模诗体翻译方面作出了宝贵的尝试，但是离真正的诗体尚有距离。此外，前此的所有译本对于莎士比亚原作的色情类用语都有程度不同的忽略，本套皇家版译本则尽力在此方面还原莎士比亚的本真状态（论述见后文）。其他还有一些译本，亦都应该受到我们的关注，处理原则类推。每种译本都有自己独特的东西。我们希望美的译文是这套译本的突出特点。

5. 借鉴他种汉译本问题。凡是我们曾经参考过的较好的译本，都在适当的地方加以注明，承认前辈译者的功绩。借鉴利用是完全必要的，但是要正大光明，避免暗中抄袭。

6. 具体翻译策略问题特别关键，下文将其单列进行陈述。

莎士比亚作品翻译领域大转折：真正的诗体译本

莎士比亚首先是一个诗人。莎士比亚的作品基本上都以诗体写成。因此，要想尽可能还原本真的莎士比亚，就必须将莎士比亚作品翻译成为诗体而不是散文，这在莎学界已经成为共识。但是紧接而来的问题是：什么叫诗体？或需要什么样的诗体？

按照我们的想法：1）所谓诗体，首先是措辞上的诗味必须尽可能浓郁；2）节奏上的诗味（包括分行）等要予以高度重视；3）结合中国人的审美习惯，剧文可以押韵，也可以不押韵。但不押韵的剧文首先要满足前两个要求。

本全集翻译原计划由笔者一个人来完成。但是，莎士比亚的创作具有惊人的多样性，其作品来源也明显具有莎士比亚时代若干其他作家与作品的痕迹，因此，完全由某一个译者翻译成一种风格，也许难免偏颇，难以和莎士比亚风格的多样性相呼应。所以，集众人的力量来完成大业，应该更加合理，更加具有可操作性。

具体说来，新时代提出了什么要求？简而言之，就是用真正的诗体翻译莎士比亚的诗体剧文。这个任务，是朱生豪先生无法完成的。朱先生说过，他在翻译莎士比亚作品时，“当然预备全部用散文译出，否则将要了我的命”。[1]显然，朱先生也考虑过用诗体来翻译莎士比亚著作的问题，但是他的结论是：第一，靠单独一个人用诗体翻译《莎士比亚全集》是办不到的，会因此累死；第二，他用散文翻译也是不得已的办法，因为只有这样他才有可能在有生之年完成《莎士比亚全集》的翻译工作。

将《莎士比亚全集》翻译成诗体比翻译成散文体要难得多。难到什么程度呢？和朱生豪先生的翻译进度比较一下就知道了。朱先生翻译得最快的时候，一天可以翻译一万字。[2]为什么会这么快？朱先生才华过人，这当然是一个因素，但关键因素是：他是用散文翻译的。用真正的诗体就不一样了。以笔者自己的体验，今日照样用散文翻译莎士比亚剧本，最快时也可达到每日一万字。这是因为今日的译者有比以前更完备的注释本和众多的前辈汉译本作参考，至少在理解原著时，要比朱先生当年省力得多，所以翻译速度上最高达到一万字是不难的。但是翻译成诗体就是另外一回事了。这比自己写诗还要难得多。写诗是自己随意发挥，译诗则必须按照别人的意思发挥，等于是戴着镣铐跳舞。笔者自己写诗，诗兴浓时，一天数百行都可以写得出来，但是翻译诗，一天只能是几十行，统计成字数，往往还不到一千字，最多只是朱生豪先生散文翻译速度的十分之一。梁实秋先生翻译《莎士比亚全集》用的也是散文，但是也花了 37 年，如果要翻译成真正的诗体，那么至少得 370 年！由此可见，真正的诗体《莎士比亚全集》汉译本的诞生，有多么艰难。此次笔者约稿的各位译者，都是用诗体翻译，并且都表示花费了大量的时间，

1 见朱生豪大约在 1936 年夏致宋清如信：“今天下午，我试译了两页莎士比亚，还算顺利，不过恐怕终于不过是 Poor Stuff 而已。当然预备全部用散文译出，否则将要了我的命。”（《伉俪：朱生豪宋清如诗文选》下卷，中国青年出版社，2013 年，第 94 页）

2 朱生豪：“今天因为提起了精神，却很兴奋，晚上译了六千字，今天一共译一万字。”（同上，第 101 页）

皇家版《莎士比亚全集》译本凝聚了诸位译者的多少努力，也就不言而喻了。

翻译诗体分辨：不是分了行就是真正的诗

主张将莎士比亚剧作翻译成诗体成了共识，但是什么才是诗体，却缺乏共识。在白话诗盛行的时代，许多人只是简单地认定分了行的文字就是诗这个概念。分行只是一个初级的现代诗要求，甚至不必是必然要求，因为有些称为诗的文字甚至连分行形式都没有。不过，在莎士比亚作品的翻译上，要让译文具有诗体的特征，首先是必定要分行的，因为莎士比亚原作本身就有严格的分行形式。这个不用多说。但是译文按莎士比亚的方式分了行，只是达到了一个初级的低标准。莎士比亚的剧文读起来像不像诗，还大有讲究。

卞之琳先生对此是颇有体会的。他的译本是分行式诗体，但是他自己也并不认为他译出的莎士比亚剧本就是真正的诗体译本。他说：读者阅读他的译本时，“如果……不感到是诗体，不妨就当散文读，就用散文标准来衡量”。[1]这是一个诚实的译者说出的诚实话。不过，卞先生很谦虚，他有许多剧文其实读起来还是称得上诗体的。原因是什么？原因是他注意到了笔者上文提到的两点：第一，诗的措辞；第二，诗的节奏。只不过他迫于某些客观原因，并没有自始至终侧重这方面的追求而已。

显然，一些译本翻译了莎士比亚的剧文，在行数上靠近莎士比亚原作，措辞也还流畅。这些是不是就是理想的诗体莎士比亚译本呢？笔者认为，这还不够。什么是诗，对于中国人来说有几千年的历史，我们不

1 卞之琳：《莎士比亚悲剧四种》，方志出版社，2007 年，第 4 页。

能脱离这个悠久的传统来讨论这个问题。为此，我们不得不重新提到一些基本概念：什么是诗？什么是诗歌翻译？

诗歌是语言艺术，诗歌翻译也就必须是语言艺术

讨论诗歌翻译必须从讨论诗歌开始。

诗主情。诗言志。诚然。但诗歌首先应该是一种精妙的语言艺术。同理，诗歌的翻译也就不得不首先表现为同类精妙的语言艺术。若译者的语言平庸而无光彩，与原作的语言艺术程度差距太远，那就最多只是原诗含义的注释性文字，算不得真正的诗歌翻译。

那么，何谓诗歌的语言艺术？

无他，修辞造句、音韵格律一整套规矩而已。无规矩不成方圆，无限制难成大师。奥运会上所有的技能比赛，无不按照特定的规矩来显示参赛者高妙的技能。德国诗人歌德（Johann Wolfgang von Goethe）《自然和艺术》（“Natur und Kunst”）一诗最末两行亦彰扬此理：

非限制难见作手，
唯规矩予人自由。[1]

艺术家的“自由”，得心应手之谓也。诗歌既为语言艺术，自然就有一整套相应的语言艺术规则。诗人应用这套规则时，一旦达到得心应手的程度，那就是达到了真正成熟的境界。当然，规矩并非一点都不可打破，但只有能够将规矩使用到随心所欲而不逾矩的程度的人，才真正有资格去创立新规矩，丰富旧规矩。创新是在承传旧规则长处的基础上来进行的，而不是完全推翻旧规则，肆意妄为。事实证明，在语言艺术上

---

1 In der Beschränkung zeigt sich erst der Meister, / Und das Gesetz nur kann uns Freiheit geben. 参见 http://www.business-it.nl/files/7d413a5dca62fc735a072b16fbf050b1-27.php.

凡无视积淀千年的诗歌语言规则，随心所欲地巧立名目、乱行胡来者，永不可能在诗歌语言艺术上取得大的成就，所以歌德认为：

若徒有放任习性，
则永难至境遨游。[1]

诗歌语言艺术如此需要规则，如此不可放任不羁，诗歌的翻译自然也同样需要相类似的要求。这个要求就是笔者前面提出的主张：若原诗是精妙的语言艺术，则理论上说来，译诗也应是同类精妙的语言艺术。

但是，"同类"绝非"同样"。因为，由于原作和译作使用的语言载体不一样，其各自产生的语言艺术规则和效果也就各有各的特点，大多不可同样复制、照搬。所以译作的最高目标，是尽可能在译入语的语言艺术领域达到程度大致相近的语言艺术效果。这种大致相近的艺术效果程度可叫作"最佳近似度"。它实际上也就是一种翻译标准，只不过针对不同的文类，最佳近似度究竟在哪些因素方面可最佳程度地（并不一定是最大程度地）取得近似效果，不是一成不变的，而是具有高度的灵活性。不同的文类，甚至针对不同的受众，我们都可以设定不同的最佳近似度。这点在拙著《中西诗比较鉴赏与翻译理论》（清华大学出版社，2010年）的相关章节中有详细的厘定，此不赘。

话与诗的关系：话不是诗

古人的口语本来就是白话，与现在的人说的口语是白话一个道理。

---

1 Vergebens werden ungebundene Geister / Nach der Vollendung reiner Höhe streben. 参见 http://www.cosmiq.de/qa/show/3454062/Vergebens-werden-ungebundne-Geister-Nach-der-Vollendung-reiner-Hoehe-streben-Was-ist-die-Bedeutung-dieser-2-Verse-Ich-komm-nicht-drauf/t.

正因为白话太俗，不够文雅，古人慢慢将白话进行改进，使它更加规范、更加准确，并且用语更加丰富多彩，于是文言产生。在文言的基础上，还有更文的文字现象，那就是诗歌，于是诗歌产生。所以就诗歌而言，文言味实际上就是一种特殊的诗味。文言有浅近的文言，也有佶屈聱牙的文言。中国传统诗歌绝大多数是浅近的文言，但绝非口语、白话。诗中有话的因素，自不待言，但话的因素往往正是诗试图抑制的成分。

文言和诗歌的产生是低俗的口语进化到高雅、准确层次的标志。文言和诗歌的进一步发展使得语言的艺术性愈益增强。最终，文言和诗歌完成了艺术性语言的结晶化定型。这标志着古代文学和文学语言的伟大进步。《诗经》、楚辞、唐诗、宋词、元明戏曲，以及从先秦、汉、唐、宋、元至明清的散文等，都是中国语言艺术逐步登峰造极的明证。

人们往往忘记：话不是诗，诗是话的升华。话据说至少有**几十万年**的历史，而诗却只有**几千年**的历史。白话通过漫长的岁月才升华成了诗。因此，从理论上说，白话诗不是最好的诗，而只是低层次的、初级的诗。当一行文字写得不像是话时，它也许更像诗。“太阳落下山去了”是话，硬说它是诗，也只是平庸的诗，人人可为。而同样含义的“白日依山尽”不像是话，却是真正的诗，非一般人可为，只有诗人才写得出。它的语言表达方式与一般人的通用白话脱离开来了，实现了与通用语的偏离(deviation from the norm)。这里的通用语指人们天天使用的白话。试想把唐诗宋词译成白话，还有多少诗味剩下来？

谢谢古代先辈们一代又一代、不屈不挠的努力，话终于进化成了诗。

但是，20世纪初一些激进的中国学者鼓荡起一场声势浩大的白话文运动。

客观说来，用白话文来书写、阅读自然科学和人文科学文献，例如哲学、政治学、伦理学、经济学等等文献，这都是**伟大的进步**。这个进步甚至可以上溯到八百多年前朱熹等大学者用白话体文章传输理学思想。对此笔者非常拥护，非常赞成。

但是约一百年前的白话诗运动却未免走向了极端，事实上是一种语言艺术方面的倒退行为。已经高度进化的诗词曲形式被强行要求返祖回归到三千多年前的类似白话的状态，已经高度语言艺术化了的诗被强行要求退化成话。艺术性相对较低的白话反倒成了正统，艺术性较高的诗反倒成了异端。其实，容许口语类白话诗和文言类诗并存，这才是正确的选择。但一些激进学者故意拔高白话地位，在诗歌创作领域搞成白话至上主义，这就走上了极端主义道路。

这个运动影响到诗歌翻译的结果是什么呢？结果是西方所有的大诗人，不论是古代的还是近代的，如荷马（Homer）、但丁（Dante）、莎士比亚、歌德、雨果（Victor Hugo）、普希金（Alexander Pushkin）……都莫名其妙地似乎用同一支笔写出了20世纪初才出现的味道几乎相同的白话文汉诗！

将产生这种极端性结果的原因再回推，我们会清楚地明白，当年的某些学者把文学艺术简单雷同于人文社会科学，误解了文学艺术，尤其是诗歌艺术的特殊性质，误以为诗就是话，混淆了诗与话的形式因素。

针对莎士比亚戏剧诗的翻译对策

由上可知，莎士比亚的剧文既然大多是格律诗，无论有韵无韵，它们都是诗，都有格律性。因此在汉译中，我们就有必要显示出它具有格律性，而这种格律性就是诗性。

问题在于，格律性是附着在语言形式上的；语言改变了，附着其上的格律性也就大多会消失。换句话说，格律大多不可复制或模仿，这就正如用钢琴弹不出二胡的效果，用古筝奏不出黑管的效果一样。但是，原作的内在旋律是可以模仿的，只是音色变了。原作的诗性是可以换个形式营造的，这就是利用汉语本身的语言特点营造出大略类似的语言艺术审美效果。

由于换了另外一种语言媒介，原作的语音美设计大多已经不能照搬、复制，甚至模拟了，那么我们就只好断然舍弃掉原作的许多语音美设计，而代之以译入语自身的语言艺术结构产生的语音美艺术设计。当然，原作的某些语音美设计还是可以尝试模拟保留的，但在通常的情况下，大多数的语音美已经不可能传输或复制了。

利用汉语本身的语音审美特点来营造莎士比亚诗歌的汉译语音审美效果，是莎士比亚作品翻译的一个有效途径。机械照搬原作的语音审美模式多半会失败，并且在大多数的场合下也没有必要。

具体说来，这就涉及翻译莎士比亚戏剧作品时该如何处理：1）节奏；2）韵律；3）措辞。笔者主张，在这三个方面，我们都可以适当借鉴利用中国古代词曲体的某些因素。戏剧剧文中的诗行一般都不宜多用单调的律诗和绝句体式。元明戏剧为什么没有采用前此盛行的五言或七言诗行而采用了长短错杂、众体皆备的词曲体？这是一种艺术形式发展的必然。元明曲体由于要更好更灵活地满足抒情、叙事、论理等诸多需要，故借用发展了词的形式，但不是纯粹的词，而是融入了民间语汇。词这种形式涵盖了一言、二言、三言、四言、五言、六言、七言、八言……乃至十多言的长短句式，因此利于表达变化莫测的情、事、理。从这个意义上看，莎士比亚剧文语言单位的参差不齐状态与中文词曲体句式的参差不齐状态正好有某种相互呼应的效果。

也许有人说，莎士比亚的剧文虽然是格律诗，但并不怎么押韵，因此汉诗翻译也就不必押韵。这个说法也有一定道理，但是道理并不充实。

首先，我们应该明白，既然莎士比亚的剧文是诗体，人们读到现今的散体译文或不押韵的分行译文却难以感受到其应有的诗歌风味，原因即在于其音乐性太弱。如果人们能够照搬莎士比亚素体诗所惯常用的音步效果及由此引起的措辞特点，当然更好。但事实上，原作的节奏效果是印欧语系语言本身的效果，换了一种语言，其效果就大多不能搬用了，所以我们只好利用汉语本身的优势来创造新的音乐美。这种音乐美很难说是原作的音乐美，但是它毕竟能够满足一点：即诗体剧文应该具有诗歌应有的音乐美这个起码要求。而汉译的押韵可以强化这种音乐美。

其次，莎士比亚的剧文不押韵是由诸多因素造成的。第一，属于印欧语系语言的英语在押韵方面存在先天的多音节不规则形式缺陷，导致押韵词汇范围相对较窄。所以对于英国诗人来说，很苦于押韵难工；莎士比亚的许多押韵体诗，例如十四行诗，在押韵方面都不很工整。其次，莎士比亚的剧文虽不押韵，却在节奏方面十分考究，这就弥补了音韵方面的不足。第三，莎士比亚的剧文几乎绝大多数是诗行，对于剧作者来说，每部长达两三千行的诗行行都要押韵，这是一个极大的挑战，很难完成。而一旦改用素体，剧作者便会轻松得多。但是，以上几点对于汉语译本则不是一个问题。汉语的词汇及语音构成方式决定了它天生就是一种有利于押韵的艺术性语言。汉语存在大量同韵字，押韵是一件很容易的事情。汉语的语音音调变化也比莎士比亚使用的英语的音调变化空间大一倍以上。汉语音调至少有四种（加上轻重变化可达六至八种），而英语的音调主要局限于轻重语调两种，所以存在于印欧语系文字诗歌中的频频押韵有时会产生的单调感，在汉语中会在很大程度上由于语调的多变而得到缓解。故汉语戏剧剧文在押韵方面有很大的潜在优势空间，实际上元明戏剧剧文频频押韵就是证明。

第三，莎士比亚的剧文虽然很多不押韵，但却具极强的节奏感。他惯用的格律多半是抑扬格五音步（iambic pentameter）诗行。如果我们在节奏方面难以传达原作的音美，或者可以通过韵律的音美来弥补节奏美的丧失，这种翻译对策谓之堤内损失堤外补，亦谓失之东隅，收之桑榆。我们的语言在某方面有缺陷，可以通过另一方面的优点来弥补。当然，笔者主张在一定程度上借鉴利用传统词曲的风味，却并不主张使用宋词、元曲式的严谨格律，而只是追求一种过分散文化和过分格律化之间的妥协状态。有韵但是不严格，要适当注意平仄，但不过多追求平仄效果及诗行的整齐与否；不必有太固定的建行形式，只是根据诗歌本身的内容和情绪赋予适当的节奏与韵式。在措辞上则保持与白话有一段距离，但是绝非佶屈聱牙的文言，而是趋近典雅、但普通读者也能读懂的语言。

最后，根据翻译标准多元互补论原理，由于莎士比亚作品在内容、形式及审美效应方面具有多样性，因此，只用一种类乎纯诗体译法来翻译所有的莎士比亚剧文，也是不完美的，因为单一的做法也许无形中堵塞了其他有益的审美趣味通道。因此，这套译本的译风虽然整体上强调诗化、诗味，但是在营造诗味的途径和程度上不是单一的。我们允许诗体译风的灵活性和创新性。多译者译法实际上也是在探索诗体译法的诸多可能性，这为我们将来进一步改进这套译本铺垫了一条较宽的道路。因此，译文从严格押韵、半押韵到不押韵的各个程度，译本都有涉猎。但是，无论是否押韵，其节奏和措辞应该总是富于诗意，这个要求则是统一的。这是我们对皇家版《莎士比亚全集》译本的语言和风格要求。不能说我们能完全达到这个目标，但我们是往这个方向努力的。正是这样的努力，使这套译本与前此译本有很大的差异，在一定的意义上来说，标志着中国莎士比亚著作翻译的一次大转折。

翻译突破：还原莎士比亚作品禁忌区域

另有一个课题是中国学者从前讨论得比较少的禁忌领域，即莎士比亚著作中的性描写现象。

许多西方学者认为，莎士比亚酷爱色情字眼，他的著作渗透着性描写、性暗示。只要有机会，他就总会在字里行间，用上与性相联系的双关语。西方人很早就搜罗莎士比亚著作的此类用语，编纂了莎士比亚淫秽用语词典。这类词典还不止一种。1995 年，我又看到弗朗基·鲁宾斯坦（Frankie Rubinstein）等编纂了《莎士比亚性双关语释义词典》（*A Dictionary of Shakespeare's Sexual Puns and Their Significance*），厚达 372 页。

赤裸裸的性描写或过多的淫秽用语在传统中国文学作品中是受到非议的，尽管有《金瓶梅》这样被判为淫秽作品的文学现象，但是中国传统的主流舆论还是抑制这类作品的。莎士比亚的作品固然不是通常意义上的淫秽作品，但是它的大量实际用语确实有很强的色情味。这个极鲜明的特点恰恰被前此的所有汉译本故意掩盖或在无意中抹杀掉。莎士比亚的所有汉译者，尤其是像朱生豪先生这样的译者，显然不愿意中国读者看到莎士比亚的文笔有非常泼辣的大量使用性相关脏话的特点。这个特点多半都被巧妙地漏译或改译。于是出现一种怪现象，莎士比亚著作中有些大段的篇章变成汉语后，尽管读起来是通顺的，读者对这些话语却往往感到莫名其妙。以《罗密欧与朱丽叶》第一幕第一场前面的 30 行台词为例，这是凯普莱特家两个仆人山普孙与葛莱古里之间的淫秽对话。但是，读者阅读过去的汉译本时，很难看到他们是在说淫秽的脏话，甚至会认为这些对话只是仆人之间的胡话，没有什么意义。

不过，前此的译本对这类用语和描写的态度也并不完全一样，而是依据年代距离在逐步改变。朱生豪先生的译本对这些东西删除改动得最多，梁实秋先生已经有所保留，但还是有节制。方平先生等的译本保留得更多一些，但仍然持有相当的保留态度。此外，从英语的不同版本看，有的版本注释得明白，有的版本故意模糊，有的版本注释者自己也没有弄懂这些双关语，那就更别说中国译者了。

在这一点上，我们目前使用的皇家版《莎士比亚全集》是做得最好的。

那么，我们该怎样来翻译莎士比亚的这种用语呢？是迫于传统中国道德取向的习惯巧妙地回避，还是尽可能忠实地传达莎士比亚的本真用意？我们认为，前此的译本依据各自所处时代的中国人道德价值的接受状态，采用了相应的翻译对策，出现了某种程度的曲译，这是可以理解的，是特定历史条件下的产物。但是，历史在前进，中国人的道德观已经有了很大的改变，尤其是在性禁忌领域。说实话，无论我们怎样真实地还原莎士比亚著作中的性双关描写，比起当代文学作品中有时无所忌讳的淫秽描写来，莎士比亚还真是有小巫见大巫的感觉。换句话说，目前中国人在这方面的外来道德价值接受状态，已经完全可以接受莎士比亚著作中的性双关用语了。因此，我们的做法是尽可能真实还原莎士比亚性相关用语的现象。在通常的情况下，如果直译不能实现这种现象的传输，我们就采用注释。可以说，在这方面，目前这个版本是所有莎士比亚汉译本中做得最超前的。

译法示例

莎士比亚作品的文字具有多种风格，早期的、中期的和晚期的语言风格有明显区别，悲剧、喜剧、历史剧、十四行诗的语言风格也有区别。甚至同样是悲剧或喜剧，莎士比亚的语言风格往往也会很不相同。比如同样是属于悲剧，《罗密欧与朱丽叶》剧文中就常常有押韵的段落，而大悲剧《李尔王》却很少押韵；同样是喜剧，《威尼斯商人》是格律素体诗，而《快乐的温莎巧妇》却大多是散文体。

与此现象相应，我们的翻译当然也就有多种风格。虽然不完全一一对应，但我们有意避免将莎士比亚著作翻译成千篇一律的一种文体。从这个意义上说，皇家版《莎士比亚全集》汉译本在某些方面采用了全新的译法。这种全新译法不是孤立的一种译法，而是力求展示多种翻译风格、多种审美尝试。多样化为我们将来精益求精提供了相对更多的选择。如果现在固定为一种单一的风格，那么将来要想有新的突破，就困难了。概括说来，我们的多种翻译风格主要包括：1）有韵体诗词曲风味译法；2）有韵体现代文白融合译法；3）无韵体白话诗译法。下面依次选出若干相应风格的译例，供读者和有关方面品鉴。

一、有韵体诗词曲风味译法

有韵体诗词曲风味译法注意使用一些传统诗词曲中诗味比较浓郁的词汇，同时注意遣词不偏僻，节奏比较明快，音韵也比较和谐。但是，它们并不是严格意义上的传统诗词曲，只是带点诗词曲的风味而已。例如：

女巫甲　何时我等再相逢？
　　　　闪电雷鸣急雨中？
女巫乙　待到硝烟烽火静，
　　　　沙场成败见雌雄。
女巫丙　残阳犹挂在西空。　（《麦克白》第一幕第一场）

小丑甲　当时年少爱风流，
　　　　有滋有味有甜头；
　　　　行乐哪管韶华逝，
　　　　天下柔情最销愁。　（《哈姆莱特》第五幕第一场）

朱丽叶 天未曙，罗郎，何苦别意匆忙？
鸟音啼，声声亮，惊骇罗郎心房。
休听作破晓云雀歌，只是夜莺唱，
石榴树间，夜夜有它设歌场。
信我，罗郎，端的只是夜莺轻唱。

罗密欧 不，是云雀报晓，不是莺歌，
看东方，无情朝阳，暗洒霞光，
流云万朵，镶嵌银带飘如浪。
星斗如烛，恰似残灯剩微芒，
欢乐白昼，悄然驻步雾嶂群岗。
奈何，我去也则生，留也必亡。

朱丽叶 听我言，天际微芒非破晓霞光，
只是金乌，吐射流星当空亮，
似明炬，今夜为郎，朗照边邦，
何愁它曼托瓦路，漫远悠长。
且稍待，正无须行色皇皇仓仓。

罗密欧 纵身陷人手，蒙斧钺加诛于刑场；
只要这勾留遂你愿，我欣然承当。
让我说，那天际灰朦，非黎明醒眼，
乃月神眉宇，幽幽映现，淡淡辉光；
那歌鸣亦非云雀之讴，哪怕它
嚣然振动于头上空冥，嘹亮高亢。
我巴不得栖身此地，永不他往。
来吧，死亡！倘朱丽叶愿遂此望。
如何，心肝？畅谈吧，趁夜色迷茫。

（《罗密欧与朱丽叶》第三幕第五场）

二、有韵体现代文白融合译法

有韵体现代文白融合译法的特点是：基本押韵，措辞上白话与文言尽量能够水乳交融；充分利用诗歌的现代节奏感，俾便能够念起来朗朗上口。例如：

哈姆莱特 死，还是生？这才是问题根本：
莫道是苦海无涯，但操戈奋进，
终赢得一片清平；或默对逆运，
忍受它箭石交攻，敢问，
两番选择，何为上乘？
死灭，睡也，倘借得长眠
可治心伤，愈千万肉身苦痛痕，
则岂非美境，人所追寻？死，睡也，
睡中或有梦魇生，唉，症结在此；
倘能撒手这碌碌凡尘，长入死梦，
又谁知梦境何形？念及此忧，
不由人踌躇难定：这满腹疑情
竟使人苟延年命，忍对苦难平生。
假如借短刀一柄，即可解脱身心，
谁甘愿受人世的鞭挞与讥评，
强权者的威压，傲慢者的骄横，
失恋的痛楚，法律的耽延，
官吏的暴虐，甚或默受小人
对贤德者肆意拳脚加身？
谁又愿肩负这如许重担，
流汗、呻吟，疲于奔命，
倘非对死后的处境心存疑云，

惧那未经发现的国土从古至今
无孤旅归来，意志的迷惘
使我辈宁愿忍受现世的忧闷，
而不敢飞身投向未知的苦境？
前瞻后顾使我们全成懦夫，
于是，本色天然的决断决行，
罩上了一层思想的惨淡余阴，
只可惜诸多待举的宏图大业，
竟因此如逝水忽然转向而行，
失掉行动的名分。　　（《哈姆莱特》第三幕第一场）

麦克白　若做了便是了，则快了便是好。
若暗下毒手却能横超果报，
割人首级却赢得绝世功高，
则一击得手便大功告成，
千了百了，那么此际此宵，
身处时间之海的沙滩、岸畔，
何管它来世风险逍遥。但这种事，
现世永远有裁判的公道：
教人杀戮之策者，必受杀戮之报；
给别人下毒者，自有公平正义之手
让下毒者自食盘中毒肴。　　（《麦克白》第一幕第七场）

损神，耗精，愧煞了浪子风流，
都只为纵欲眠花卧柳，
阴谋，好杀，赌假咒，坏事做到头；

心毒手狠，野蛮粗暴，背信弃义不知羞。
才尝得云雨乐，转眼意趣休。
舍命追求，一到手，没来由
便厌腻个透。呀恰，恰像是钓钩，
但吞香饵，管教你六神无主不自由。
求时疯狂，得时也疯狂，
曾有，现有，还想有，要玩总玩不够。
适才是甜头，转瞬成苦头。
求欢同枕前，梦破云雨后。
唉，普天下谁不知这般儿歹症候，
却避不得便往这通阴曹的天堂路儿上走！

（十四行诗第一百二十九首）

三、无韵体白话诗译法

无韵体白话诗译法的特点是：虽然不押韵，但是译文有很明显的和谐节奏，措辞畅达，有诗味，明显不是普通的口语。例如：

贡妮芮 父亲，我爱您非语言所能表达；
胜过自己的眼睛、天地、自由；
超乎世上的财富或珍宝；犹如
德貌双全、康强、荣誉的生命。
子女献爱，父亲见爱，至多如此；
这种爱使言语贫乏，谈吐空虚：
超过这一切的比拟——我爱您。（《李尔王》第一幕第一场）

李尔 国王要跟康沃尔说话，慈爱的父亲
要跟他女儿说话，命令、等候他们服侍。

这话通禀他们了吗？我的气血都飙起来了！
火爆？火爆公爵？去告诉那烈性公爵——
不，还是别急：也许他是真不舒服。
人病了，常会疏忽健康时应尽的
责任。身子受折磨，
逼着头脑跟它受苦，
人就不由自主了。我要忍耐，
不再顺着我过度的轻率任性，
把难受病人偶然的发作，错认是
健康人的行为。我的王权废掉算了！
为什么要他坐在这里？这种行为
使我相信公爵夫妇不来见我
是伎俩。把我的仆人放出来。
去跟公爵夫妇讲，我要跟他们说话，
现在就要。叫他们出来听我说，
不然我要在他们房门前打起鼓来，
不让他们好睡。 （《李尔王》第二幕第二场）

奥瑟罗 诸位德高望重的大人，
我崇敬无比的主子，
我带走了这位元老的女儿，
这是真的；真的，我和她结了婚，说到底，
这就是我最大的罪状，再也没有什么罪名
可以加到我头上了。我虽然
说话粗鲁，不会花言巧语，
但是七年来我用尽了双臂之力，

直到九个月前，我一直
都在战场上拼死拼活，
所以对于这个世界，我只知道
冲锋向前，不敢退缩落后，
也不会用漂亮的字眼来掩饰
不漂亮的行为。不过，如果诸位愿意耐心听听，
我也可以把我没有化装掩盖的全部过程，
一五一十地摆到诸位面前，接受批判：
我绝没有用过什么迷魂汤药、魔法妖术，
还有什么歪门邪道——反正我得到他的女儿，
全用不着这一套。　　　　（《奥瑟罗》第一幕第三场）

目　录

《无事生非》导言

当悲剧得以避免，就有了喜剧。一位年轻小姐在为自己的婚礼做着准备，随后我们目睹了婚礼仪式的进行。每当我们出席一场婚礼，常常醉心于那个动人时刻，神父问一对新人："若你二人之间，有人心存隐秘的阻隔，使你们不能结合，我命你们，用灵魂将它言说。"就在此时，全剧转入了一次危机：在出席婚礼的众人面前，新郎克劳狄奥指责新娘希罗在婚礼前夜犯下了不贞之罪。希罗当场昏倒，克劳狄奥夺门而出；她的父亲说，她给家族带来了如此的耻辱，但愿她就这样死去。本剧以一次战争的结束为开端，语言风格也随之改变，从同袍情谊转变为恋爱婚配，始终沉浸在轻松的假日氛围之中，直到剧情发展至此，气氛才陡然转变。

气氛的变化波及全剧，甚至影响到另外一对恋人。原本，培尼狄克和贝特丽丝被塑造成一对欢喜冤家，彼此刻薄刁难，但始终伴随着轻松无忧的逗乐。而此时，在二人的情感博弈中，贝特丽丝骤然抬高了她的筹码，强迫培尼狄克在爱情和友情面前作出抉择。出轨的指控，死亡的阴云，突然间我们仿佛来到了《奥瑟罗》(*Othello*)的世界。作为一切阴谋诡计的始作俑者，唐·约翰并不是伊阿戈(Iago)——他是一个剪纸小人儿般的反派角色，一个典型的阴郁形象("我没法掩饰，我就是这么个人：心里不痛快了，我就把脸拉下来，谁讲笑话我也不买账"）——所以根据理智判断，我们难以相信他的阴谋将会得逞。然而当看完第四幕的时候，我们感到克劳狄奥需要真心悔过，并弥补自己的过失。

在喜剧之中，上帝的小小恩典时有显现；悲剧中的一切都不容第二次机会，而喜剧可以。在《无事生非》中，神恩通过两个人物降临：为希罗安排假死和复活的神父（"请将奇迹视作寻常"），以及无意中听到唐·约翰阴谋真相的巡丁。我们期待上帝借神父展现他的慈爱，神父给我们上了重要的一课："对于享有之物，世人往往 / 不知珍重。"通常只有当我们失去一个人的时候，才会发现此人对于我们有多么重要。也许有些奇怪，上帝的旨意还通过那个糊里糊涂、用词荒唐可笑的道博雷降临在剧中。然而，这就是喜剧世界的法则之一，外表往往是有欺骗性的。那些自作聪明的人，如唐·约翰，事后看来却十分愚蠢；那些我们起初以为愚蠢的人，如道博雷，最终看来却有着独特的智慧。他们的智慧来自心灵，而非思想。耶稣说，一个人想要知道天国的样子，先要让自己变成一个孩子。道博雷，正如《仲夏夜之梦》（*A Midsummer Night's Dream*）里的波顿（Bottom），是莎士比亚笔下天然的孩童。因为他的单纯和善良，他被"判罚获得永恒的救赎"。

最后一幕中，克劳狄奥来到希罗的墓前忏悔。接着在最后一场里，他如约来到里奥那托府上，经过了一番戏剧性的安排，他迎娶了希罗的替代者，其实正是希罗本人，这样的手法可以追溯到欧里庇得斯（Euripides）的一部古老而优美的剧作《阿尔刻斯提斯》（*Alcestis*）。然而，答应和素未谋面的希罗的堂妹结婚，是否意味着克劳狄奥立刻就把旧爱抛之脑后，太急切了些？当希罗重新回到他的身边，他并没有表现出应有的人情味，而仅仅是惊呼了一句："又一个希罗？"此时没有出现只言片语的道歉，没有恳求宽恕的表白，只是匆忙地将剧情推进，转而去解决贝特丽丝和培尼狄克的情感纠葛。克里斯托弗·马洛（Christopher Marlowe）有一首著名的诗作，为莎士比亚所熟知。在诗中，勒安得耳（Leander）为了和他的爱人赫洛（Hero）相会，每晚游泳横渡达达尼尔海峡，冒着溺死的危险却甘之如饴。克劳狄奥显然不是一个这样的爱人，不会做出这样的事。剧中有一幕，贝特丽丝要求培尼狄克杀死克劳狄奥来证明他的爱，这是一个真正浪漫的、暗藏着悲剧潜流的举动。

相比克劳狄奥和希罗这对（被视作）英雄美人式的恋人，作为观众，我们更容易被另一对机智俏皮的恋人吸引。我们迫不及待地想看到培尼狄克和贝特丽丝终成眷属，不免将克劳狄奥匆匆掠过。往往只有再次阅读或再次观剧时，我们才会转而思忖，与希罗结婚后的他会成为一个怎样的丈夫。对我们而言，最关心的问题是，贝特丽丝和培尼狄克究竟如何才能停止他们长久以来的唇枪舌剑，同意缔结婚约。当里奥那托说出："废话少说，看我封住你们两个的嘴！"并强按住两人接吻的时候，这个问题才终于得以解答。我们知道唇枪舌剑还会继续下去，可是在剧终的一刹那，我们仿佛看到一切的争吵都消融在一个吻和一支舞中。莎士比亚的这一创作取材于文艺复兴时期意大利的一部英雄美人传奇。严格说来，贝特丽丝和培尼狄克的故事只是次要情节，而在舞台上，他们二人却夺走了观众的目光。他们各自中了圈套，被哄骗着承认对于彼此的爱，堪为全剧最令人难忘的情节。一对冤家同时陷入热恋，而后又故作不情愿地结合，"花枪先生"和"傲慢小姐"帮我们忘记了克劳狄奥身上的种种缺点。无怪乎查理一世（Charles I）在他所收藏的莎士比亚第二对开本《无事生非》的剧名下方，写下"培尼狄克与贝特丽丝"；而在19世纪，埃克托尔·柏辽兹（Hector Berlioz）则完全抛开了剧中的另一对恋人，创作了歌剧《贝特丽丝与培尼狄克》（*Béatrice et Bénédict*）。

本剧的剧名有多重涵义。希罗原本清白无事（nothing），却围绕着她生出许多恩怨是非（much ado）。莎士比亚也常用 nothing 借指阴道，因为女性缺少了男人的“家伙事儿”（thing）。nothing 旧时与 noting（注意）同音，给予我们更丰富的暗示。由此想来，无论是培尼狄克和贝特丽丝被有意安排，偷听到令他们极感兴趣的对话，还是克劳狄奥遭人算计“见证”了未婚妻不贞，在这些著名场景中，无不充满了偷窥与窃听的情节。

伪装是一个与全剧紧密相关的主题。唐·彼德罗伪装成克劳狄奥的样子，代替他向希罗求婚，这个计划被诡计多端的波拉契奥偷听到。在每一处有关偷窥和窃听的叙述中，细节之处均展现出丰富的想象——花园散步时纵横交错的枝叶，悬着挂毯的发霉房间——无不使人如临其境，仿佛忘记了莎士比亚笔下的一切都呈现在一个光秃秃的舞台之上。我们在许多其他的喜剧中常常会见到爱情诗（有时是戏谑性的过分渲染），而为了与本作的风格相符，剧中散体与诗体的比重超过二比一，其文体特征使得作品的现实主义色彩远超过浪漫色彩。如此处理的意图在于减少夸饰，用更真切的方式来表情达意，比如剧中新娘会为自己结婚礼服的优雅款式和精细做工而流露出欣喜之情。

唐·彼德罗为克劳狄奥与希罗的恋爱牵线搭桥，而真正吸引他的人是贝特丽丝。当他提出帮贝特丽丝也做一次媒，为她找一个丈夫时，有一瞬间，他几乎半认真地向她自荐。他们二人间微妙的情感碰撞是莎士比亚喜剧中最动人的时刻之一。贝特丽丝随后把话题转移到刚刚收获爱情的那对恋人身上，结束了这番对话。几句欢声笑语作为过场，掩盖了唐·彼德罗深深的孤独，这份孤独直到全剧的结尾，仍然没有消散。“殿下，你的脸色怎么这么凝重。”培尼狄克说，“讨个老婆吧，讨个老婆吧。”他暗示，每个人都要步入婚姻——否则就会落得唐·约翰的下场，成为受人鄙夷的流亡者。本剧现实主义的特质体现于这对欢喜冤家充满生活气息的散体对白中。剧终的一刻，现实主义的音符再次响起：剧中人用一种轻松的语气说到了私通，重提了“不贞”的旧事，同时也消解了因之而起的一切是非恩怨：“世上再也没有比戴上一顶绿帽子的丈夫更受人尊敬的啦。”

参考资料

剧情：战争已经结束。阿拉贡的彼德罗亲王，携亲信培尼狄克和克劳狄奥拜访墨西拿的里奥那托公爵，即希罗的父亲，贝特丽丝的叔父。克劳狄奥爱上了希罗，与她订下婚约。贝特丽丝和培尼狄克都对爱情不屑一顾，整日插科打诨。众人谋划出一个让他们彼此相爱的计策，通过安排培尼狄克偷听到他的朋友们讲述编造出来的故事，使他相信贝特丽丝对自己怀有秘而不宣的爱意，并对贝特丽丝如法炮制。与此同时，唐·约翰，亲王那个内心阴暗的私生子弟弟，在手下波拉契奥的协助之下，策动了一出险恶的阴谋，诱骗克劳狄奥看到希罗在婚礼前夜与人暗通款曲，并使他对此深信不疑——而实际上他看到的是希罗的侍女玛格丽特和波拉契奥。克劳狄奥在婚礼仪式上当众指斥希罗。希罗当场昏倒，在相信她清白的神父的授意下，里奥那托宣布了她的死讯。贝特丽丝要求培尼狄克杀死克劳狄奥。糊涂的警官道博雷和他的巡丁们无意间听到了波拉契奥吹嘘自己的功劳，阴谋最终得以暴露。克劳狄奥向里奥那托承诺作出补救，他被要求与希罗的一个堂妹结婚，以代替希罗。当面具摘下时，现出的却是希罗本人。最后，贝特丽丝与培尼狄克也订下了婚约。

主要角色：（列有台词行数百分比/台词段数/上场次数）培尼狄克（17%/134/8），里奥那托（13%/120/9），唐·彼德罗（12%/135/8），克劳狄奥（11%/125/8），贝特丽丝（10%/106/8），道博雷（7%/52/4），希罗（5%/44/6），波拉契奥（5%/23/6），唐·约翰（4%/40/6），弗朗西斯神父（3%/16/2），玛格丽特（2%/26/3），安东尼奥（2%/23/4），欧苏拉（2%/19/3），康拉德（1%/23/1），胡杰士（1%/18/3），鲍尔萨泽（1%/11/2）。

语体风格：诗体约占 30%，散体约占 70%。

创作年代：1598 年年末。弗朗西斯·米尔斯（Francis Meres）的著作《帕拉斯的管家》（*Palladis Tamis*，1598 年 9 月登记出版）所列的莎士比亚剧目之中未提及该剧，但包括了为 1599 年年初离开莎士比亚剧团的威尔·肯普（Will Kemp）所写的剧中角色。

取材来源：希罗与克劳狄奥陷入骗局，希罗蒙受不贞的污名，这一情节在 16 世纪意大利的传奇中有诸多蓝本。莎士比亚创作的主要材料来源似乎有两处：(1) 马泰奥·班戴洛（Matteo Bandello）的《小说》（*Novelle*）中记述的廷布雷奥爵士（Sir Timbreo）和费尼恰（Fenicia）的故事，其中包含了阿拉贡的皮耶罗王（King Piero）和墨西拿的利奥那托（Lionato）两个人物（原作为意大利文，1554 年出版，无英译本，不过莎士比亚可能读过法文译本，即皮埃尔·德·贝勒福雷 [Pierre de Belleforest] 出版于 1569 年的《悲剧故事》[*Histoires Tragiques*]）。(2) 雷纳尔多（Renaldo）和吉尼芙拉（Ginevra）的故事，见于阿里奥斯托（Ariosto）的《疯狂的罗兰》第五卷（*Orlando Furioso*，由约翰·哈林顿爵士 [Sir John Harington] 英译于 1591 年）。贝特丽丝和培尼狄克的情节是莎士比亚的创新，不过欢喜冤家或伶牙俐齿的角色轻蔑爱情却最终深陷情网的故事多有前例可循，最著名的当属约翰·黎里（John Lyly）的剧作。

文本：四开本出版于1600年，可能印刷自莎士比亚的底本或抄本。印刷质量总体较好。演员姓名偶尔会代替角色姓名出现在对白之前的人名处，如将“道博雷”写作“肯普”，“胡杰士”写作“考利”。对开本印刷自四开本，也于一剧场底本略有参照。对开本插入了额外的舞台提示词，并将全剧作了分幕；进行了一些修正，同时也出现了一些讹误之处。对于被断定是排版印刷错误的地方，我们根据四开本加以校订，但是对于似乎有意为之的变化，我们保持对开本的原貌。

乔纳森·贝特（Jonathan Bate）

无事生非[1]

唐·彼德罗，阿拉贡亲王

培尼狄克，帕多瓦的贵族 } 唐·彼德罗的亲信

克劳狄奥，佛罗伦萨的贵族 } 唐·彼德罗的亲信

鲍尔萨泽，歌手，唐·彼德罗的侍从

侍童，培尼狄克的仆人

唐·约翰，唐·彼德罗之弟（私生子）

波拉契奥 } 唐·约翰的随从

康拉德 } 唐·约翰的随从

里奥那托，墨西拿总督

因诺珍，总督夫人，无对白

希罗，里奥那托之女

贝特丽丝，里奥那托的侄女，孤儿

安东尼奥，老者，里奥那托之弟

玛格丽特 } 希罗的侍女

欧苏拉 } 希罗的侍女

弗朗西斯神父

道博雷，管理巡丁的警官

胡杰士，道博雷的警佐

教堂司事

巡丁数人

侍从、使者各数人

1 无事生非：原文作 Much Ado About Nothing；nothing 为双关语，当时与 noting（音符 / 注意）读音相似，另外也暗指 no thing（阴道）。

第一幕

第一场　　/　　第一景

墨西拿[1]

墨西拿总督里奥那托、夫人因诺珍[2]、女儿希罗[3]、侄女贝特丽丝[4]与一使者上

里奥那托　　（拿出一信）这封信上说，阿拉贡[5]亲王唐·彼德罗今晚就要到墨西拿了。

使者　　他现在就快到了。我从他那儿过来的时候，他离这儿不过八九里路。

里奥那托　　这次出兵，你们损失了多少将士？

使者　　地位高的没有损失几个，有名望的更是一人未损。

里奥那托　　出师大捷，全师而返，堪称双倍的胜利！我看信里提到一个年轻的佛罗伦萨人，叫克劳狄奥，看来唐·彼德罗对此人十分器重啊。

使者　　那是实至荣归，唐·彼德罗自然不会亏待这样一个人物。他有着超乎他年龄的才干，看模样就像只羔羊，文质彬彬；上了战场却活似一头狮子，威风凛凛。我就是说到才尽词穷，也说不尽他的过人之处。

1　墨西拿（Messina）：西西里东北部城市。

2　因诺珍：该角色没有台词，可能是在演出中删去的角色。

3　希罗（Hero）：人名取自马洛诗作中的一位忠贞爱人，勒安得耳每晚游泳横渡达达尼尔海峡与爱人赫洛相会，一次途中溺毙，赫洛也随之自刎。

4　贝特丽丝（Beatrice）：拉丁语中 *beatrix* 意为“赐福之人”。

5　阿拉贡（Aragon）：西班牙北部王国。

里奥那托 他有一个叔父就在我们墨西拿，要是听到了这话，一定非常高兴。

使者 我已经给他送了信去，看他的样子真是高兴极了，发而中节的喜悦只好借助泪水来表达。

里奥那托 他真流下眼泪了吗？

使者 流了很多眼泪。

里奥那托 这是温情的自然流露。泪水洗过的面容，才是最真诚的。因为心中喜悦而哭泣，相比哭泣的时候心中窃喜，当然要好得多了！

贝特丽丝 请问，那位“花枪先生”[1]是不是也从战场上回来了？

使者 小姐，这个名字我没有听说过，军队里没有这号人物。

里奥那托 侄女，你打听的是什么人？

希罗 姐姐指的是帕多瓦[2]的培尼狄克[3]先生。

使者 噢！他回来了，老样子，还是那么诙谐逗趣。

贝特丽丝 那会儿他在我们墨西拿，曾经公然宣称要和爱神一决高下。我叔叔家里的一个弄臣，听了这话，还以爱神丘比特的名义接下挑战，要拿射鸟的弹弓和他较量箭术呢。——请问你，这次出征他杀了多少人？吃了多少人？先告诉我他杀死了多少人吧，因为我早就承诺过，他杀死的人，通通由我吃下去。

里奥那托 说真的，侄女，你把培尼狄克先生挖苦得太过分了，我敢说，他一定会来找你算账的。

使者 小姐，这次出征他立下了不小的功劳呢！

1 花枪先生：培尼狄克常和贝特丽丝唇枪舌剑，故有此称号，另外它也有性暗示意味。

2 帕多瓦（Padua）：意大利北部城市，以大学闻名。

3 培尼狄克（Benedick）：拉丁语中 *benedictus* 意为“被赐福之人”。

贝特丽丝 你们那些发霉的军粮都是靠他吃掉的吧。他吃起东西来确实勇冠三军，他是个卓尔不群的大饭桶。

使者 而且，小姐，他也是个好军人。

贝特丽丝 比起一位小姐，他算是个好军人。然而和一个真正的贵族比起来，他又算什么呢？

使者 在贵族面前他不失尊荣；在男子汉眼中他尽显气概。他身上充满了种种可敬的美德。

贝特丽丝 没错，他的臭皮囊里确实充满了些东西。至于里面究竟是些什么馅料——唉，还是不说了，咱们毕竟都是凡胎浊骨。

里奥那托 阁下千万不要误解了舍侄女。她和培尼狄克先生是说笑惯了的；两人不见还好，只要一见面，少不了要互逞机锋，唇枪舌剑一番。

贝特丽丝 唉，可惜他永远占不到便宜。我们上回较量，他五分才智[1]被我杀掉了四分，仓皇逃窜，现在他全身就只有一分尚存了。要是凭着仅剩下的这点才智，他还能知道穿衣御寒，那就让他好好珍存着吧，这是他和他的马之间唯一的区别标记，也是他被人当作理性生物所恃的全部家当了。现在和他做伴的是哪一个？他每个月都要换一个新的拜把兄弟呢。

使者 这怎么可能？

贝特丽丝 当然可能！他和人拜把子就像戴帽子——永远在赶时髦，换样式。

使者 我明白了，小姐，看来这位先生并不在您的芳名簿上。

贝特丽丝 不在。如果他在，我宁可把书房一起烧掉。不过请问您，

1 五分才智指想象、记忆、幻想、判断、常识。

和他做伴的是哪一个？难道这会儿没有一个年轻的好事之徒，愿意和他一起见鬼去吗？

使者 他和那位尊贵的克劳狄奥过从甚密。

贝特丽丝 哦，天哪！他会像疾病一样把人家缠住：他比鼠疫还容易传染，别人一旦染上，立刻就会发疯。上帝保佑尊贵的克劳狄奥吧！如果他染上了培尼狄克，不花费个一千镑钱，恐怕是治不好这病。

使者 小姐，我但愿能和您维持友谊。

贝特丽丝 好哇，好朋友。

里奥那托 侄女，你是永远不会发疯[1]的。

贝特丽丝 当然不会，除非赶上了一个酷热的冬天。

使者 唐·彼德罗来啦。

唐·彼德罗、克劳狄奥、培尼狄克、鲍尔萨泽与私生子约翰上

唐·彼德罗 哎呀，里奥那托大人，您是来迎接您的“麻烦”来啦？论世态常情，劳心费力的事儿人们避之犹恐不及，而您却倒屣相迎。

里奥那托 寒舍从未有如殿下般的“麻烦”屈尊莅临。通常麻烦一去，留下的是一身轻松。而一旦您离我而去，快乐也便远走，留下的只有忧愁。

唐·彼德罗 您真是太喜欢自讨麻烦啦。我想，这位就是令爱吧。

里奥那托 她的母亲是三番五次这样告诉我的。[2]

培尼狄克 大人莫非怀疑过？不然怎么会和尊夫人说起这个？

里奥那托 没有怀疑过，培尼狄克先生，因为那时候您还是个小朋

1 指因染上（爱上）培尼狄克而发疯。

2 这是一句俏皮的玩笑话，当时宫廷贵族间俏皮话成风。——译者附注

友呢。[1]

唐·彼德罗 培尼狄克，你这回可被挖苦惨喽。听了这话，我们大概可以猜得出，如今长大成人的你是怎样一派人了。真的，这位小姐很像她的父亲。小姐，您真该高兴，因为您长得像自己高贵的父亲。

培尼狄克 就算里奥那托先生是她的父亲，哪怕把整个墨西拿城都给她，她也不会愿意在自己的肩膀上安上他这么一个脑袋[2]，无论他们长得多像。（唐·彼德罗与里奥那托一旁交谈）

贝特丽丝 真让我惊讶，您竟然还要这么锲而不舍地说下去，培尼狄克先生，根本就没人搭理您。

培尼狄克 哎哟，我亲爱的“傲慢小姐”，您竟然还活着？

贝特丽丝 有培尼狄克先生这样的小菜供她下酒，“傲慢小姐”怎么会活得不好？只要遇上您，世上最有礼貌的人也会变得傲慢起来。

培尼狄克 这么说“礼貌”是棵墙头草喽。不过实情却是，除了您，世上任何一个小姐都爱我。我倒希望自己不是这样一副铁石心肠——因为，老实说，对她们我一个也不爱。

贝特丽丝 这真是女人们的福音，不然她们都得被一个不堪的追求者纠缠不休了。感谢上帝和我冷酷的心，在这一点上我倒是和您所见略同：我宁愿听我的狗冲着乌鸦乱叫，也不愿听一个男人发誓说爱我。

培尼狄克 愿上帝保佑小姐您永葆这份好心肠，这样某位先生就可以逃脱被抓破脸皮的厄运了。

1 意思是当时您还小，不会和我妻子私通。——译者附注

2 指满头白发——原文注；亦谓里奥那托满脑子男盗女娼。——译者附注

贝特丽丝 如果是您这样一副尊容，就是被抓破了脸皮，也不见得比原来更难看。

培尼狄克 唉，以您罕见的饶舌本领，真该去教鹦鹉学说话。

贝特丽丝 我这样会说话的鸟儿，比起您这样不通人事的牲口来，还是强得多吧。

培尼狄克 真希望我的马能像您的舌头一样，叨叨起来马不停蹄，不知疲倦。您只管接着说您的吧，天哪，恕不奉陪了。

贝特丽丝 您每到说不过了，就夹着马尾巴突然溜之大吉，您这老一套我早就见识过了。

唐·彼德罗 那么就这样说定了，里奥那托。——（对其余人）克劳狄奥先生，培尼狄克先生，我的好朋友里奥那托邀请你们一起住下来。我告诉他我们要在这里逗留至少一个月，他却由衷地希望我们可以有事再多待一阵子。我敢发誓他不是那种虚情假意的人，这些话完全出自一片真心。

里奥那托 一言为定，殿下，您不会后悔今天的决定的。——（对唐·约翰）欢迎您，大人。您已经跟您的王兄言归于好，就是我的座上贵宾。

唐·约翰 谢谢您。我不太会说话，但是我谢谢您。

里奥那托 殿下，您先请。

唐·彼德罗 让我搀着您的手，里奥那托。我们一起走。

除培尼狄克与克劳狄奥外众人下

克劳狄奥 培尼狄克，你有没有注意里奥那托先生的女儿？

培尼狄克 我看见她了，倒没多注意。

克劳狄奥 她不是一位娴雅的少女吗？

培尼狄克 你是正儿八经地让我实话实说呢？还是让我照老样子，继续用我的女人克星的身份回答你？

克劳狄奥 不，请你老老实实地说说你的看法。

培尼狄克 咳，那我老实说，她太矮了点儿，没法儿把她往高处捧；太黑了点儿，没法儿把她往美处说；太小了点儿，没法儿把她往大处夸。我能给她唯一的赞美之辞就是，如果她不是长成这副样子，一定很难看；可她长成了这副样子，我也不喜欢。

克劳狄奥 你还以为我在跟你开玩笑呢，我请你正经地回答我，你觉得她怎么样？

培尼狄克 你一直这么问起她，是不是想把她买下来呀？

克劳狄奥 倾尽全世界的财富，可以买得下这样一颗明珠吗？

培尼狄克 当然可以，还能附赠一个匣子把它藏进去呢。[1] 可是你说这些话到底是一本正经，还是信口雌黄——好比把丘比特说成猎兔的能手，把武尔坎说成绝世的木匠？[2] 要想让别人跟你有唱有和，你得说清楚，你唱的歌儿究竟在哪个调上？

克劳狄奥 在我眼中，她是我平生所见的最可爱的姑娘。

培尼狄克 我现在不戴眼镜还看得清东西，但是我怎么就看不出来她的可爱。说到她那个堂姐，要不是像凶神附体似的，论美貌还是远胜过她，两人好比一个是阳春，一个是岁暮。不过，你不会是想找人结婚过日子了吧，不至于吧？

克劳狄奥 我曾经发誓永不结婚，但是如果希罗愿意做我的妻子，我也不知道自己能否信守誓言了。

培尼狄克 你已经沦落到这般田地了？我不相信，难道这世界上竟没有一个不甘戴绿帽的男人吗？难道我永远也见不到一个六十岁的童男子了吗？好吧，你自便吧，既然你喜欢

1 匣子借指阴道，上一行的明珠可能暗指贞操。

2 丘比特（Cupid）目盲，无法猎兔；武尔坎（Vulcan）是掌管锻冶之神，不是木匠。

把脖子往牛轭里钻，那就带着苦役的印痕，在声声叹息中荒度一个又一个礼拜日吧。看，唐·彼德罗回来找你了。

唐·彼得罗与其弟私生子约翰上

唐·彼德罗 你们俩不跟我们一起到里奥那托府上去，在这里密谈些什么？

培尼狄克 真希望殿下强行命令我说出来。

唐·彼德罗 好，我命令你履行臣属的义务，把秘密说出来。

培尼狄克 听着，克劳狄奥伯爵。为朋友，我能像哑巴一样严守秘密，希望你相信我的为人。但是事情上升到了臣属的义务，听见了吗，臣属的义务。——他陷入情网了。爱上了谁呢？这就得殿下亲自问他了。请听他的回答是多么短：希罗，里奥那托那个短小的女儿。

克劳狄奥 假如真有这事儿，那么已经被他说出来了。

培尼狄克 殿下，这正像那老故事里的一句词儿："现在没这事儿，过去没这事儿，上帝保佑，不要发生这种事儿！"[1]

克劳狄奥 如果我的感情不会朝三暮四，我希望上帝可以保佑这件事儿。

唐·彼德罗 阿门，如果你爱这位小姐，这位小姐必定是值得你爱的。

克劳狄奥 殿下，您这样说是在诱我交代吗？

唐·彼德罗 说真的，我说的是我的心里话。

克劳狄奥 殿下，我说的也是我的一腔衷肠。

培尼狄克 凭我的两副心肠起誓，我说的也是肺腑之言。

克劳狄奥 我觉得，我真的爱她。

唐·彼德罗 我明白，这位姑娘配得上你的爱。

1 出自一则青须公（Bluebeard）类型的故事，杀人者以这句话来否认罪行。此处暗讽克劳狄奥的回答闪烁其词。——译者附注

培尼狄克 我不知道你为什么真的爱她，也不明白这位姑娘哪里配得上你的爱。我这个看法坚如磐石，熊熊烈火也烧不化。就是被烧死在火刑柱上，我也会秉持我的信仰。[1]

唐·彼德罗 你永远是一个仇视美貌的最顽固的异教徒。

克劳狄奥 要是不故意作出这一副乖张任性的姿态，他这角色就没法继续扮演下去了。

培尼狄克 一个女人怀胎生我，我谢谢她。她抚养我长大，我感激不尽。可是要想让我额头长出号角[2]，高奏别人的凯歌；或者把我的小喇叭，拴在看不见的皮带上，[3]那么请天下的女士们恕我不能从命。因为我不想胡乱猜疑，使她们蒙受不白之冤，那就只好一个也不信任，让自己落得高枕无忧。再把话说得痛快点儿——因为能痛痛快快做人——我要打一辈子光棍儿。

唐·彼德罗 在我有生之年，我一定会看到你因为爱情而苍白憔悴。

培尼狄克 因为怒火，因为生病，或者因为饿肚子，都会苍白憔悴。但是殿下，我绝不会因为爱情。如果真有一天你们能证明我为爱情消耗的心血，灌点儿酒还补不回来，[4]那就请用诗人胡诌情歌的笔杆子挖掉我的眼睛，把我当成瞎眼的丘比特，挂在妓院门口作招牌吧。[5]

唐·彼德罗 好，要是有一天你改变了想法，小心被大家传为笑柄。

培尼狄克 如果我真有一天改变了想法，你们就把我当成小猫吊在

1 中世纪时天主教会将异教徒烧死在火刑柱上。

2 额头长出号角（recheat）常有两种喻义：（1）西方社会认为妻子不贞，丈夫就会头上生角；（2）暗指男性生殖器。此隐喻在后文中屡次出现。

3 小喇叭（bugle）借指男性生殖器，看不见的皮带（invisible baldrick）借指女性阴道。

4 当时认为因爱情而叹息会损耗心血，而酒能生血。

5 当时英国妓院的招牌上常画着丘比特。

笼子里，给人作箭靶子。谁要是射中了我，你们就拍拍他的肩膀，赞他一声“神箭亚当”[1]。

唐·彼德罗 好，咱们等着瞧。“总有一天，野牛也会引颈就轭。”[2]

培尼狄克 野牛也许会，但如果有一天睿智的培尼狄克也被上了套，你们就把那对牛犄角拔下来，安在我的脑袋上，再用油彩把我涂得乱七八糟，用街上“好马出租”那样斗大的字，给我做一块招牌，招牌上就写：“快来看，这是已婚男人培尼狄克。”

克劳狄奥 假如真有这么一天，长了犄角的你肯定要牛脾气发作了。

唐·彼德罗 要不是丘比特早在威尼斯射尽了他的神矢，[3]保准一箭叫你六神无主。

培尼狄克 那我倒想见识见识，怎样的神威才能动摇我的心神。

唐·彼德罗 好吧，时光会证明一切。现在有另一件事。好培尼狄克先生，请你到里奥纳托府上去，代我向他致意，告诉他晚餐我一定准时出席——为预备晚宴他真花了不少工夫呢。

培尼狄克 完成这样一项使命，我的才智还算够用的，那么我就敬请——

克劳狄奥 “大安，寄自敝宅”[4]——假如我有房子在这儿。

唐·彼德罗 “七月六日，您的挚友，培尼狄克谨上。”[5]

1 指亚当·贝尔（Adam Bell），著名的神射手。

2 “总有一天，野牛也会引颈就轭”：原文为 In time the savage bull doth bear the yoke，是当时的一句谚语，因在托马斯·基德（Thomas Kyd）的《西班牙悲剧》（*The Spanish Tragedy*）中被引用而流行。

3 当时威尼斯以性开放和妓院林立闻名，这里的“射箭”也暗喻“射精”。

4 克劳狄奥模仿写信时的结尾来接话。

5 唐·彼德罗也模仿写信时的结尾来接话。

培尼狄克 够啦，别闹了，别闹了。你们说话总是这么缠杂不清，像几片碎布松松垮垮，缝不出个样子。在继续抖这些陈年包袱之前，请你们先反省反省吧。我可要失陪了。下

克劳狄奥 主上，请您助我一臂之力。

唐·彼德罗 何分你我，不知如何效劳？
无论怎样紧迫或艰辛，
都请相信我的一腔热忱。

克劳狄奥 殿下，里奥那托有没有儿子？[1]

唐·彼德罗 没有，希罗是他唯一后嗣。
克劳狄奥，你对她动了情？

克劳狄奥 啊，我的殿下，
当出征的号角刚刚吹响，
我以军人的眼向她凝望。
心生爱慕无奈重任在肩，
只好暂且搁下儿女情长。
如今我从沙场归来人间，
杀伐的阴云已消散无踪。
一缕缕柔情从心中升腾，
勾画出希罗青春的倩影。
啊，我一直对她魂牵梦萦。

唐·彼德罗 你快成了热恋中的话痨，
动辄长篇大论使人腻烦。
既爱上希罗就把握机会，
我也会做月老从中牵线。
你拐弯抹角地说了许多，

1 克劳狄奥为确认希罗是里奥那托财产的唯一继承人，故有此问。——译者附注

无非是想和她缔结姻缘？

克劳狄奥 您是多么善于疗治相思，
能一眼洞穿情人的苦楚！
不过此事还须从长计议，
一见倾心未免过于唐突。

唐·彼德罗 窄流之上何须架起宽桥？
最好的礼物是满足需要。
解决问题贵在恰如其分，
疗治相思只需对症下药。
今晚我们有个假面舞会，
我会冒充为你巧作伪装。
邀美丽的希罗翩然共舞，
伏在她的耳畔倾吐衷肠。
软语温存让她目眩耳迷，
再用风流情话令她就擒。
然后我替你向其父提亲，
那结果必是你抱得美人。
来，让我们这就着手进行。 同下

第二场 / 第二景

里奥那托与一老者，即其弟安东尼奥上，两人相遇

里奥那托 啊，贤弟！我的侄儿，你的儿子呢？他准备好今晚的音乐了吗？

安东尼奥 他正忙着这事儿呢。可是，大哥，我要告诉您一个新奇的消息，保证您做梦也想不到。

里奥那托 是好消息吗？

安东尼奥 这要看后面的情节如何发展了，不过单看封面肯定是个好故事。刚才亲王和克劳狄奥伯爵两人，在我家花园里的一条绿荫如盖的小路上散步，我的一个仆人无意中听见了他们说的话。亲王告诉克劳狄奥说，他爱上了我的侄女，您的希罗，准备在今晚的舞会上向她告白，要是希罗也对亲王有意，他就会抓住时机，立刻向您提亲。

里奥那托 给你报告消息的那个家伙，头脑清不清楚？

安东尼奥 是个精明干练的家伙。我把他叫过来，您自己问问他。

里奥那托 不，不，在真相未明之前，我们只当它是一场幻梦。不过我得通知我女儿一声，万一真有其事，她也好在答复的时候心里有个底。你去跟她说吧。

众侍从上

侄儿们，记清楚你们该做的事。——啊，对不起，朋友，跟我一起过去吧，待会儿用得上你的手艺。——好侄儿，这会儿大家都手忙脚乱的，请你多费点儿心。

众人下

第三场 / 第三景

私生子唐·约翰伯爵与随从康拉德上

康拉德 哎哟，我的爷！您为什么总是这样愁眉不展？

唐·约翰 碍眼烦心的事情源源不断，这忧愁自然是没完没了。

康拉德 您应该听从理性的指引。

唐·约翰 听从了理性的指引，对我有什么好处吗？

康拉德 即使不能立刻治好您的烦恼，至少会带给您忍受的耐心。

唐·约翰 我真不明白，像你这样一个自称是“土星照命”[1]的人，竟然也会用道德说教来医治别人的锥心之痛。我没法掩饰，我就是这么个人：心里不痛快了，我就把脸拉下来，谁讲笑话我也不买账；有了胃口我就吃，谁都别想叫我干等着；困了累了，我倒头便睡，什么事儿都别想让我操心；心里高兴了我就笑，决不伺候别人的脸色。

康拉德 话是说得不错，可是眼下您毕竟还仰人鼻息，终究不能随心所欲地行事。您先前还跟王爷兵戎相见，他不计前嫌接纳了您，这还是没多久的事。您要想真正站稳脚跟，总是得多陪着些小心。您要给自己制造有利的环境，才能有风生水起的那一天。

唐·约翰 我宁愿在篱笆上做一株野蔷薇，也不想在他荫庇下做一朵红玫瑰。与其胁肩谄笑地讨取别人的欢心，还不如由着自己的本来面目[2]，让所有人来鄙夷。这样，我固然不能算是一个油腔滑调的“正人君子”，可谁也不能否认，我是一个坦荡荡的真小人。人家用口罩罩着我的嘴，表示对我“信任”；用木桩绑住我的脚，表示给我“自由”。不，我决不愿在笼子里唱歌。要是我有嘴，我就要咬人；要是我有自由，我就要做我高兴做的事。现在别想着改变我，让我保持我的本色吧。

康拉德 您就不能利用这一腔怨气干点儿什么吗？

1 土星照命：根据西方旧时的占星术，土星照命的人天生性格阴沉、忧郁。

2 自己的本来面目：一方面指自己的性情，另一方面指自己私生子的身份。

唐·约翰 我就是要彻底地利用它，我只剩这么点儿家当了。这是谁来啦？

波拉契奥[1]上

波拉契奥，有什么消息吗？

波拉契奥 我刚从晚宴那边过来。您的王兄正被里奥那托隆重地款待，另外我还可以告诉您一个消息：一桩婚事正在计划中呢。

唐·约翰 能不能抓住这件事做做文章，给他们从中捣乱？那个甘愿把一团麻烦娶进门的傻瓜是谁？

波拉契奥 嘿，就是您哥哥的右手。

唐·约翰 谁？那个衣冠楚楚的克劳狄奥？

波拉契奥 正是他。

唐·约翰 好家伙！那个女的呢，那个女的呢？他看中的是什么样的女人？

波拉契奥 嘿，就是那个希罗，里奥那托的女儿和继承人。

唐·约翰 好一只早熟的小母鸡。你是怎么知道这消息的？

波拉契奥 我被叫去给屋子熏香，当我正熏着一间发霉的房间时，亲王和克劳狄奥走了过来，手搀着手，一脸严肃地商量着什么事。我赶紧闪进挂毯后面，听见他们商定由亲王出面向希罗求婚，到手之后再把她让给克劳狄奥伯爵。

唐·约翰 好了，行了，咱们到那边去，这也许是个解我心头之恨的机会。靠着打败我的战功，那个公子哥儿可是出尽了风头。要是能给他点儿挫败的滋味尝尝，我心里就痛快极了。你们两个都靠得住吧？愿意帮助我吗？

1 波拉契奥（Borachio）：源于西班牙语词 *borracho*，意为“醉鬼”。

康拉德 誓死为爵爷效力。

唐·约翰 咱们也去晚宴那边吧。看见我丧家之犬的样子，他们更可以开怀畅饮了。要是那厨子也和我一样心思该多好。咱们过去看看情况，谋划个如何下手的计策出来，怎么样？

波拉契奥 听候爵爷差遣。 众人下

第二幕

第一场 / 第四景

里奥那托、其弟安东尼奥、夫人因诺珍、女儿希罗与随侍玛格丽特和欧苏拉、侄女贝特丽丝及一族人[1]上。

里奥那托　　约翰伯爵没在晚宴上吗？

安东尼奥　　我没有看见他。

贝特丽丝　　那位先生真是一脸尖酸相。我每次看见他，总得有一个小时胃里烧得慌。

希罗　　他确实是个性情阴郁的人。

贝特丽丝　　要是把他跟培尼狄克中和一下，那就是个相当好的人了：这一个像极了一尊木头雕像，总是一声不吭；另一个又像给奶奶宠坏了的大少爷，叽里呱啦从不消停一会儿。

里奥那托　　那就是说，把培尼狄克先生的半条舌头，装进约翰伯爵的嘴里，再把约翰伯爵的一半忧郁，挂在培尼狄克先生的脸上——

贝特丽丝　　叔叔，还要再来一双舞场上的好腿脚，加上一个鼓胀胀的钱袋。假如有这样一个男人，世界上任何一个女人都会愿意嫁给他——只要他懂得怎样讨女人的欢心。

里奥那托　　说正经的，侄女，你要是总这么牙尖嘴利的，就怕你一辈子也嫁不出去。

安东尼奥　　真的，她是泼辣得过了头。

1　族人：和因诺珍同为“幽灵”角色，没有任何台词。

贝特丽丝 泼辣得过了头就是好过泼辣喽。我可帮上帝省下了不少工夫呢，因为俗话说“造物心肠好，泼牛生短角”，一头牛如果泼辣得过了头，上帝压根儿就不用给它长犄角。

里奥那托 这么说，泼辣得过了头，上帝就不用给你犄角[1]啦。

贝特丽丝 好极了，千万别给我一个丈夫！为了这份恩典，我每天早晚都跪着向上帝祷告呢。主啊，我决不能忍受嫁给一个满脸胡子的丈夫！我宁愿睡在一团粗羊毛毯子里。

里奥那托 你可以找一个没有胡子的丈夫嘛。

贝特丽丝 我要这么个人做什么？让他穿上我的裙子，给我当侍女吗？一个男人有了胡子，就已经青春不再；那没有胡子的，又不能算个男子汉。我不要一个上了岁数的老头子，也看不上一个没有男子气概的小白脸儿。所以，我还是从耍狗熊的手里领上六个铜子的赏钱，牵着他的猴子下地狱吧。[2]

里奥那托 那么，你是要下地狱了？

贝特丽丝 不，我刚到地狱大门口，一个魔鬼就出来迎接我，他头上长着两个角，像个老王八似的，对我说：“上天堂去吧，贝特丽丝，上天堂去吧，这儿不是你们姑娘家待的地方。”于是我就把猴子交给他，上天堂去找圣彼得[3]了。他为我指点独身男女们待的地方，在那里我们整天快快乐乐地生活着。

安东尼奥 （对希罗）我说，侄女，我相信你会听你爸爸的话的。

1 犄角（horns）：指（妻子出轨的）丈夫，也指男性生殖器。
2 当时的一种观念，认为老处女死后要去地狱牵猴子；马戏团中耍狗熊的人常兼管猴子。——译者附注
3 圣彼得（Saint Peter）：天堂大门的看守者。

贝特丽丝 那是当然，我的妹妹最懂规矩，准会屈膝行个礼，然后说："父亲，一切由您做主吧。"不过尽管这么说，妹妹，他还得是个漂亮小伙儿才好，不然你还是再屈膝行个礼，说："父亲，这要由我自己做主才行。"

里奥那托 好吧，侄女，我希望看到你嫁人的那一天。

贝特丽丝 不可能，除非有一天上帝不再用泥土造男人，[1]而改用些别的材料。一个女人，委身于一团臭硬的泥巴，还要对它温驯服帖，这难道不是莫大的悲哀吗？不，叔叔，我不要男人。亚当的儿子们都是我的兄弟，照我看，和自己的亲戚通婚可真是一种罪恶呢。

里奥那托 （对希罗）女儿，记住我对你说的话。如果亲王真的向你提出那件事，你知道该怎么回答。

贝特丽丝 妹妹，要是他求婚求得不在点儿上，那么毛病一定出在音乐里。亲王如果太急迫，你就告诉他凡事都有个节奏，然后只用你的舞步给他答复。听我说，希罗：求婚，结婚，后悔，就好比苏格兰快步舞、慢步舞和五步舞[2]。刚开始求婚的时候，像苏格兰快步舞，热烈、急切、充满幻想；举行婚礼时，像慢步舞一样，节制、端庄，有一整套繁文缛节；接着就是后悔，一瘸一拐地拖着老寒腿，把一曲五步舞跳得越来越快，一直跳到跌进坟墓里为止。

里奥那托 侄女，你看事情倒是挺透彻的嘛。

贝特丽丝 叔叔，我的眼光好得很，能在白天里看得清一座教堂呢。[3]

1 基督教认为上帝用泥土造了男人（用男人的肋骨造了女人）。

2 苏格兰快步舞（Scotch jig）：一种活泼的舞蹈。慢步舞（measure）：一种悠缓而庄重的舞蹈。五步舞（cinque-pace）：与 sink-a-pace 谐音，故贝特丽丝说"跳到跌进坟墓"。

3 教堂是举行婚礼仪式的地方，故"看清教堂"表示看透婚姻为何物。——译者附注

里奥那托 参加舞会的人来了，贤弟，咱们让开吧。（各戴面具）

亲王唐·彼德罗、克劳狄奥、培尼狄克、鲍尔萨泽、唐·约翰、波拉契奥、玛格丽特、欧苏拉等各戴面具，伴鼓声上，互相配对，开始跳舞

唐·彼德罗 小姐，您愿意跟您的朋友走一圈吗？

希罗 要是您脚步轻轻的，姿态温柔些，默默地不说话，我就愿意奉陪——尤其是当我要走开的时候。

唐·彼德罗 我可以做您的舞伴了？

希罗 在我高兴的时候，也许会说可以。

唐·彼德罗 那么您何时才高兴这么说呢？

希罗 当我喜欢您的面容时，上帝保佑，丑陋的琴盒里装的是一把好琴。

唐·彼德罗 我的面具是腓利门的茅舍，茅舍里的人是天神乔武。[1]

希罗 这么说，您的面具顶上该多铺些茅草啊。[2]

唐·彼德罗 说情话要小点儿声。（二人跳舞至一旁）

鲍尔萨泽 好吧，我希望您真的喜欢我。

玛格丽特 为了您着想，我倒不希望这样，因为我有好多缺点呢。

鲍尔萨泽 说一个给我听听。

玛格丽特 我祷告的时候，嗓门儿总是很大。

鲍尔萨泽 那我就更爱您了。大声祷告，人家听见了，就能应和着你高呼“阿门”。

玛格丽特 请求上帝，赐给我一个好舞伴。

鲍尔萨泽 阿门。

玛格丽特 再请求上帝，让他跳完这支舞就远离我的视线。——怎

1 农夫腓利门（Philemon）在茅舍中款待乔装为凡人的天父，乔武（Jove）即朱庇特（Jupiter）。

2 承接上句的“茅舍”，疑是取笑彼德罗头发稀少，或者面具上缺少毛发。

么不应声了，执事先生[1]？

鲍尔萨泽 不用多说了，执事先生已经得到他要的答复了。（二人跳舞至一旁）

欧苏拉 我认出您来啦，十拿九稳，您就是安东尼奥先生。

安东尼奥 干脆一句话，我不是。

欧苏拉 从您摇头晃脑的样子，我就看出是您。

安东尼奥 实话告诉你吧，我是故意学他的。

欧苏拉 您绝不可能把他的坏毛病学得这么像，除非您就是他本人。这只干瘪的老手，从上到下，怎么看都是他的。您一定是他，您一定是他！

安东尼奥 干脆一句话，我不是。

欧苏拉 得了，得了，凭着您机智风趣的谈吐，我还认不出您来吗？一个人的才华难道掩藏得住吗？好了，不用再说了，您就是他。是您优雅的气度出卖了您，不用再抵赖了。（二人跳舞至一旁）

贝特丽丝 这话是谁跟您说的，您还是不肯告诉我吗？

培尼狄克 不，请您原谅我。

贝特丽丝 您也不能告诉我您是谁吗？

培尼狄克 现在还不能。

贝特丽丝 说我傲慢，说我的俏皮话都是从《笑话一百则》[2]里照搬来的。——哼，这话肯定是培尼狄克先生说的。

培尼狄克 他是什么人？

贝特丽丝 我敢说您跟他一定挺熟的吧。

培尼狄克 请您相信我，我不认识他。

1 英国教堂礼拜时，当祷告结束，由教堂执事引领应声，高呼“阿门”。

2 《笑话一百则》（*Hundred Merry Tales*）：当时很畅销的一部滑稽故事集，充满低级趣味。

贝特丽丝 他从来没让您发笑过吗？

培尼狄克 请您告诉我，他到底是什么人？

贝特丽丝 他呀，他是亲王跟前的弄臣，一个无聊透顶的傻瓜，他唯一的本领就是信口雌黄。只有那些轻浮之徒才跟他鬼混在一起，而且还不是看中他的小聪明，只是因为他的那股混账劲儿。他一方面逗人发笑，一方面又惹人气恼，所以大家一边笑他，一边揍他。我敢说他就在这人群里。（旁白？）但愿他撞到我手里来。

培尼狄克 等我认识了这位先生，我会把您说的这些话转告他。

贝特丽丝 太好了，请一定转告他。他听了顶多想出两个恶毒的比喻把我揶揄一通——没准儿说了都没人搭他的茬儿，或者人家听了笑都不笑一两声——他该一个人讪讪地难受去了。这样也好，一只山鹑翅膀[1]就能省下来了，因为那个傻瓜肯定气得一晚上都吃不下饭。（音乐起）——咱们得跟上领头的人。

培尼狄克 在任何事上都该如此。

贝特丽丝 不，要是领舞出了岔子，到下一个转弯我就不跟他们了。

音乐起，除唐·约翰、波拉契奥与克劳狄奥外众人跳舞而下

唐·约翰 （旁白。对波拉契奥）我哥哥真的在追求希罗，他已经把希罗的父亲拉走，跟他开口挑明了。女人们也都跟着她过去了，只有一个戴面具的人还留在那儿没走。

波拉契奥 那个人是克劳狄奥，从他的举手投足能认得出来。

唐·约翰 （对克劳狄奥）您不是培尼狄克先生吗？

克劳狄奥 您认得很准，我就是。

唐·约翰 先生，您是我哥哥身边的亲信。他现在正迷恋着希罗，

1 山鹑翅膀：山鹑身上没有肉的部位，贝特丽丝语带讥刺。

我请求您劝劝他吧，她的出身和亲王没法般配。您可以直言不讳，尽一个诤友的本分。

克劳狄奥 您怎么知道他爱着她？

唐·约翰 我听见他指天誓日地表白爱意。

波拉契奥 我也听见了，而且他发誓今晚就要娶她。

唐·约翰 来，咱们去吃些茶点吧。 唐·约翰与波拉契奥下

克劳狄奥 我冒认着培尼狄克之名，
噩讯传入克劳狄奥耳中，
亲王求婚必是自享其成。
坚固的友谊多令人信赖，
只在爱情这件事上例外。
所以情人总是自逞巧舌，
目交心通切莫倩人庖代。
皆因为美貌是一个巫女，
施魅术使忠诚化为情欲。
这种事情实属司空见惯，
眼前的现实我无可置疑。——再见了，我的希罗！

培尼狄克上

培尼狄克 克劳狄奥伯爵？

克劳狄奥 是的，正是他。

培尼狄克 来，跟我一起走吧。

克劳狄奥 去哪里？

培尼狄克 就去最近的一棵柳树下面，谈谈关于你自己的事，伯爵。你那柳条编的花圈[1]准备怎么个戴法？是套在脖子上，像个放高利贷的人戴的大金链子？还是挎在肩膀上，像个

1 柳条编的花圈：失恋的象征。

军官的肩带？[1]你总得选个样式，因为亲王已经把你的希罗抢走啦。

克劳狄奥 我希望希罗让他称心满意。

培尼狄克 哎哟，听你这口气，简直像个童叟无欺的牛贩子刚卖出了一头小牛犊子似的。可是，你之前料想过亲王会这样对待你吗？

克劳狄奥 请你让我一个人待会儿。

培尼狄克 嗬，现在你又像个乱挥拳头的瞎子了——小男孩儿偷了你的肉，你却去打一根柱子。[2]

克劳狄奥 你不走，我走。 下

培尼狄克 唉，一只受伤的小鸟儿，正可怜兮兮地爬回芦苇丛里。可是咱们的贝特丽丝小姐，自以为对我了如指掌，却根本不知道我是什么人！亲王的弄臣！哈？大概是因为我整天嬉皮笑脸的，所以大家送给我这么个称号。是啊，我这是自取其辱。不，我的名声还不至于这么差，都是那个生性刻毒的贝特丽丝，把她自己卑劣的毁谤，说成是众人对我的评价。好吧，我一定要找她算这笔账。

亲王唐·彼德罗上

唐·彼德罗 先生，请问伯爵在哪儿？你看到他了吗？

培尼狄克 殿下，不瞒您说，我已经扮演了一回搬弄是非的长舌妇。刚才我看到他在这里忧郁发呆，孤零零的就好像猎场上的茅草屋。我就跟他说了，而且应该是实情，殿下已经

1 放高利贷的人戴的大金链子、军官的肩带：这两句实际是问克劳狄奥是要借此事向唐·彼德罗索取好处还是与他决斗。——译者附注

2 出自一则故事，小男孩儿从盲眼主人处偷肉被罚，后来引主人击打柱子而受伤，以此报复主人。

得到了这位姑娘的芳心。我提议陪他到一棵柳树下面去，用柳条给他编个花圈，表示失恋的悲哀；或者给他扎一条鞭子，因为他自有该打的地方。

唐·彼德罗 该打？他犯了什么错？

培尼狄克 他犯了一个小学生才会犯的错，发现了一窝小鸟，就欣喜若狂地领他的小伙伴来看，结果让小伙伴把鸟窝偷走啦。

唐·彼德罗 你会把信任看作过错吗？错的是那个偷走鸟窝的人。

培尼狄克 不过做那花圈和鞭子倒是没错。花圈他可以自己戴着，至于鞭子，他可以赏给您。在我看来，您就是那个偷走他那窝小鸟的人。

唐·彼德罗 我只是想教小鸟唱歌，然后就归还原主。

培尼狄克 那就要看小鸟唱的是否和您教的一样了，到那时候我才会彻底相信您。

唐·彼德罗 贝特丽丝小姐正在生你的气，刚才陪她跳舞的那位先生告诉她，你说了她很多坏话。

培尼狄克 啊，她对我的那些羞辱，就算是块木头听了都忍受不了！一棵橡树，哪怕衰败得只剩下一片绿叶，都会对她奋力还击。连我的面具都快给她骂活了，要跟她大骂一场呢。她对我说——她不知道她面前的就是我——说我是亲王跟前的弄臣，说我比百无聊赖的融雪天还乏味。亏她想得出那么多俏皮话，就这样一句接一句地往我身上扔过来，我就像个摆在那儿的箭靶子，被万箭穿心。她说的每个字都像尖刀，扎得人血肉淋漓。要是她呼出的气也和她用的词一样恶毒，那么她所到之处方圆百里就不会有活物，连北极星都会被她的毒气熏着。即使亚当把他犯罪前的全部家产都给她作嫁妆，我也不会娶她做妻子。她会叫赫剌克勒斯[1]给她转烤肉叉，对，还会把他的巨棍劈了当柴烧。算了，别提她了，您早晚会发现她光鲜的外表下，其实是个母夜叉。祈求上帝派个人来降妖伏魔，念一道咒语把她度回地狱里去吧。说真的，只要留她在这世上一天，人们就会觉得相比人间，地狱里简直安宁得像圣地一样，为了到地狱里去避难，大家都会故意犯起罪来。所以一切的骚乱、恐怖和纷扰，永远都跟随着她。

克劳狄奥、贝特丽丝、里奥那托与希罗上

唐·彼德罗 看，她来了。

培尼狄克 能不能请求殿下给我派点差事，走得越远越好。只要您想得出，我愿意为一点最鸡毛蒜皮的琐事，现在就跑到地球的另一头。我愿意去亚细亚最遥远的角落给您取一根牙签儿，或者到阿比西尼亚去量一量祭司王约翰[2]的脚有多长，也可以给您去蒙古大可汗的脸上拔一根胡子，再不然就到侏儒国去随便办点什么事。——总之都好过跟这个妖精谈上三句话。您没有什么差事可以派我做的吗？

唐·彼德罗 没有，我只想请你陪着我。

培尼狄克 噢，天哪！殿下，这道菜我可不爱吃——我吃不消咱们这位毒舌小姐。 下

唐·彼德罗 您看看，小姐，看看，您让培尼狄克先生心烦意乱了。

1 赫剌克勒斯（Hercules）是希腊神话中的大力英雄，曾做吕底亚（Lydia）的女王翁法勒（Omphale）的奴隶。女王没收了他的巨棍，令他穿女装，转纺锤。

2 祭司王约翰（Prester John）：在当时的欧洲传说中，遥远的东方有一个十分富有的基督教王国，其君主称为祭司王约翰。1490 年左右，一位葡萄牙探险家抵达了埃塞俄比亚（旧称阿比西尼亚），认为这就是那个传说中的东方基督教国家。

贝特丽丝 确实如此，殿下，他在舞会上跟我“钩心斗角”——嘿，那点“坏心眼儿”还真把我唬住了一会儿。后来我不仅悉数奉还，还加上了利息，叫他双倍地“揪心”。所以殿下说他“心烦意乱”了倒是真的。

唐·彼德罗 他折在您的手里了，小姐，他折在您的手里了。

贝特丽丝 我当然不会折在他的手里[1]，殿下，那样的话我早就是一群傻孩子的妈妈了。您叫我去找克劳狄奥伯爵，我已经把他带来了。

唐·彼德罗 啊，怎么了，伯爵？你为什么这么忧愁？

克劳狄奥 没有忧愁，殿下。

唐·彼德罗 那是怎么了？生病了？

克劳狄奥 也没有，殿下。

贝特丽丝 伯爵既没有忧愁，也没有生病；说不上高兴，也说不上完好。他只是个庄重的伯爵，庄重得像只橘子，神情里有点酸溜溜的味道。

唐·彼德罗 说真的，小姐，您这番描绘倒是很恰切。可是我可以发誓，要是他真的在胡思乱想，那可就错了。听我说，克劳狄奥，我已经以你的名义向美丽的希罗求过婚，她已经答应了。我还为你向她的父亲提亲，他也点头同意了。现在你只要选定一个结婚的吉日就行了，愿上帝给你快乐！

里奥那托 伯爵，请从我的手中接过我的女儿，我的财产也跟随着她交付与您。这门亲事全靠殿下玉成，请上帝佑护这对新人吧！

1 折在他的手里：原文为 do me，这里是双关语，一方面指斗嘴时落败，另一方面也指在性方面被培尼狄克征服而就范。

贝特丽丝 说话呀，伯爵，轮到您说台词了。

克劳狄奥 沉默，是快乐最好的表达。如果我能说出我此刻有多么快乐，那么我的快乐还是有限的。小姐，您既然已经属于我，我也从此属于您。我愿为您献出我的全部，并精心呵护这段姻缘。

贝特丽丝 说话呀，妹妹，要是你说不出口，就用一个吻堵住他的嘴，让他也说不出来。（克劳狄奥与希罗接吻？）

唐·彼德罗 说真的，小姐，您有一颗快活的心。

贝特丽丝 是的，殿下。我的小心肝儿，多亏了它，我才躲开了无穷无尽的烦恼。我妹妹正跟伯爵咬着耳朵说悄悄话呢，说他已经在她心里了。

克劳狄奥 她确实是这样说的，姐姐。

贝特丽丝 天哪，叫得真够亲热的！眼看着人家一个个都有了归宿，只有我一天天年老色衰。让我躲在墙角大哭一场吧："天地悠悠，夫婿难求！"[1]

唐·彼德罗 贝特丽丝小姐，让我来为您物色一个。

贝特丽丝 我倒是想要一个您父亲的儿子。殿下就没有一个跟您差不多的兄弟吗？您父亲的儿子才是第一流的丈夫，就是姑娘们恐怕难以接近。

唐·彼德罗 您愿意要我吗，小姐？

贝特丽丝 不，殿下，除非我还能再要一个家常日用的丈夫，殿下是一件太华贵的礼服，没法天天穿着。我得恳请殿下原谅，我从生下来就爱说笑，没一句正经的。

唐·彼德罗 您要是默不作声，才真会得罪我，这样说说笑笑才是您的本色。毋庸置疑，您是在一个快乐的时辰里出生的。

1 天地悠悠，夫婿难求：原文为 Hey-ho for a husband，是一首英国歌谣名。

贝特丽丝 当然不是啦，殿下，我母亲生我的时候可是痛哭流涕呢，不过当时天上刚好有颗星星正在跳舞，我就在那星光的照耀下出世啦。妹妹、妹夫，愿上帝给你们快乐！

里奥那托 侄女，我先前跟你说的事，你能不能去办一下？

贝特丽丝 对不起啦，叔叔。——（对唐·彼德罗）殿下，恕我失陪啦。 下

唐·彼德罗 真是一位让人快乐的小姐！

里奥那托 殿下，忧愁的蛛丝马迹，在她身上一点也找不出。她从来不懂得哀伤为何物，除非是在睡梦里——就是在梦里也不曾难过，因为我听我的女儿说，她有时梦到什么不高兴的事情，却都能把自己笑醒过来。

唐·彼德罗 可听到别人谈起"丈夫"，她就不耐烦了。

里奥那托 唉，她听都不要听。所有来追求她的人，一个个都被她嘲弄得下不来台。

唐·彼德罗 把她嫁给培尼狄克，倒是非常般配。

里奥那托 哎哟，殿下，他们两个要是结了婚，不出一个星期就会吵疯啦。

唐·彼德罗 克劳狄奥伯爵，你准备什么时候上教堂？

克劳狄奥 明天，殿下。在爱情的仪式完成之前，我感到度日如年。

里奥那托 那不行，好孩子，还是等到下星期一吧，算来也不过七天时间。要把一切办得称心如意，这几天还嫌太仓促了些。

唐·彼德罗 好了，这么漫长的等待够叫你摇头叹气了。但是我向你保证，克劳狄奥，这段日子我们不会过得太沉闷。我要趁这几天完成一项不可思议的壮举——让培尼狄克先生和贝特丽丝小姐热烈地爱上彼此。我很想看到他们配成一对，如果你们三位愿意听我安排，出一点力，这件事

必能成功。

里奥那托 听候殿下差遣，让我十个晚上不睡觉也没有问题。

克劳狄奥 我也一样，殿下。

唐·彼德罗 那么您呢，温柔的希罗？

希罗 殿下，我愿尽绵薄之力，帮我的姐姐找到一位好丈夫。

唐·彼德罗 在我认识的人里，培尼狄克并不是一个最没出息的丈夫。至少我可以为他说上这样几句好话：他出身高贵，作战时的英勇有目共睹，名誉的清白也有口皆碑。我会教你怎样巧妙施为，让你的姐姐爱上培尼狄克。——（对里奥那托和克劳狄奥）而我，在两位的帮助之下，就可以摆布培尼狄克，任凭他怎样机智，如何刁钻，不怕他不对贝特丽丝钟情。要是我们能够做成此事，丘比特就可以把弓箭收起来了，他的荣耀将属于我们，因为我们才是真正的爱神。跟我一起进去吧，我要把我的计划告诉你们。

众人下

第二场 / 景同前

唐·约翰与波拉契奥上

唐·约翰 果然如此，克劳狄奥伯爵要和里奥那托的女儿结婚了。

波拉契奥 是的，爵爷，不过我有办法从中破坏。

唐·约翰 管它是阻挠，是破坏，还是从中作梗，都是消我心头怨气的良药。我对他恨入骨髓，只要有什么事能让他不痛快，就会让我浑身舒服。你准备用什么办法破坏这桩婚事？

波拉契奥 不是什么光明磊落的手段，爵爷，不过我会非常隐蔽地行事，叫人看不出一点破绽。

唐·约翰 简单说说怎么做。

波拉契奥 我记得一年之前就告诉过您，希罗的侍女玛格丽特对我很有好感。

唐·约翰 我记得。

波拉契奥 我可以在夜深人静、最暧昧难言的时刻，约她在她小姐闺房的窗口等着我。

唐·约翰 这能有什么效果，可以葬送掉这桩婚事？

波拉契奥 毒药的效果要靠您自己去调制。您去找您的王兄，坦白告诉他，他做了一件自损令名的事情，就是让克劳狄奥这样一位声名显赫的人物——您尽可以大力抬高他的身价——去跟希罗这样一个肮脏的娼妇结婚。

唐·约翰 我能拿出什么证据来？

波拉契奥 有确凿无疑的证据，能使亲王黑白不分，让克劳狄奥受尽折磨，令希罗身败名裂，叫里奥那托羞愤而死。这不正是您希望看到的结果吗？

唐·约翰 只要能解我心头之恨，干什么都行。

波拉契奥 那么就开始干吧！您找个适当的时机，把唐·彼德罗和克劳狄奥伯爵拉到一个没人的地方，装出一副对他们很热心的样子，告诉他们，您知道希罗和我有私情。您出于对兄长声誉的维护——是他为二人做的媒；又顾及他朋友的体面——眼看他要被这个假冒的黄花闺女蒙骗，所以不得不向他们揭穿此事。没有证据他们很难相信，您就教他们眼见为实。让他们看见我站在她的闺房窗口，听我叫玛格丽特“希罗”，听玛格丽特把我唤作“克劳狄奥”。就在婚礼的前一晚，请他们来看我们这场调情把戏。与此同时，我要先想办法让希罗刚好不在闺房里。这样一来，希罗的不贞就看起来千真万确了，一切事先的猜疑就此坐实，所有婚礼的筹备也就跟着泡汤了。

唐·约翰 无论产生什么不利的后果，我都要实施这个计划。把你的聪明劲儿都施展出来吧，我赏你一千个金币。

波拉契奥 只要您这边一口咬定，我的智谋必不会让我蒙羞。

唐·约翰 我这就去打听他们的婚期。 同下

第三场 / 第五景

培尼狄克独自上

培尼狄克 童儿！

侍童上

侍童 先生叫我？

培尼狄克 我卧室的窗台上有一本书，去给我拿到花园这里来。

侍童 先生，您看，我这不是已经来了嘛。

培尼狄克 我知道你来了，可我是让你先去一趟再回来。 侍童下

真是想不通，一个人明明看到别人陷入情网后的样子有多么可笑，却在讥笑了别人的浅薄、愚蠢之后，自己打起了自己的耳光，竟然也陷了进去。——这说的就是克劳狄奥。曾经他耳边的音乐只有战鼓和军笛，如今却宁愿听那伴舞的小鼓和箫管。曾经他甘愿步行十里之遥，只为去看一副好盔甲；如今他可以十个晚上不睡，却是

琢磨紧身衣的款式。他向来说话直截了当，像条汉子，像个军人；如今却变得字斟句酌，满嘴稀奇古怪的呓语，凑成一桌酸掉大牙的酒席。我会不会有一天也变成这副样子，被爱情蒙蔽了双眼？我不知道，我想不至于。我不敢保证爱情不会把我变成一只牡蛎[1]，但我敢发誓，在它把我变成牡蛎之前，我绝不可能变成这样一个傻瓜。一个女人长得漂亮，我不为所动；另一个女人聪明灵巧，我不在乎；还有一个温柔贤惠，与我无关；除非有一个女人集天下所有好处于一身，不然哪一个都别想得到我一点好感。她必须有钱，这是不用说的；她必须聪明，不然我不会娶她；她必须守妇道，不然我一辈子也不敢领教；她必须漂亮，不然我永远不会看她一眼；她必须温柔，不然别想靠近我；她必须是货真价实的“千金”小姐，不然别指望我对她有“半分”爱怜；还要谈吐优雅，精通音律，她的头发还得是天然的颜色。哈！亲王和咱们那位“多情公子”来啦！我要到棚架里去躲一躲。（他躲入棚架）

唐·彼德罗、里奥那托、克劳狄奥与鲍尔萨泽上

唐·彼德罗 来，让我们聆听这音乐。

克劳狄奥 好的，殿下，这黄昏是多么宁谧，
就像有意敛息，静待韶音。

唐·彼德罗 可知培尼狄克藏身何处？

克劳狄奥 哈！一清二楚，等到一曲终止，
就是这小狐狸上套之时。

唐·彼德罗 来，鲍尔萨泽，请你再唱一遍。

1 变成一只牡蛎：变成低等动物 / 变得像牡蛎闭壳一样闭口不言。

鲍尔萨泽 啊，别再令我献丑了，好殿下，
好歌经不起我反复糟蹋。

唐·彼德罗 那身怀绝技的高明之士，
却往往对自身才华浑然不知。
请唱吧，别让我再三请求。

鲍尔萨泽 您用了“求”字，我岂敢推辞，
多少女子明明不如人意，
追求者还不是指天誓日，
说是真心爱她。

唐·彼德罗 好了好了，快来吧。
你还有什么爱情的高论，
在音乐里去表达吧。

鲍尔萨泽 听歌之前先听我说一句，
我唱得不好，实在不值一听。

唐·彼德罗 嘿，他说话就像四分音符，叮叮咚咚，
可说了都像没说一样。（音乐起）

培尼狄克 （旁白）啊，神妙的曲调！看他的灵魂都为之迷醉了。几根紧绷的羊肠[1]，怎会把人的灵魂勾出肉身，真是太奇怪了。哼，等他唱完，我得回去听听军号的声音，洗洗耳朵。

鲍尔萨泽 （唱歌）
请别再叹息，姑娘，请别再叹息，
男人们总是在欺骗。
一脚踩在岸上，一脚踏进海里，
一颗心啊变了又变。
姑娘别再叹息，随他要去哪里，

1 羊肠：当时的琴弦由羊肠制成。

展开你的眉黛青青。
把一怀愁绪，
化作一曲清歌泠泠。

请别再悲啼，姑娘，请别再悲啼，
忘掉那伤心的过往。
哪个夏天不是芳草萋萋？
哪个男人不是铁石心肠？
姑娘别再叹息，……

唐·彼德罗 说实话，真是一首好歌。

鲍尔萨泽 可惜唱歌的人水平太差劲啦，殿下。

唐·彼德罗 哈，哪里，哪里，你唱得像模像样。

培尼狄克 （旁白）要是有一条狗像他这样乱叫，早让人给吊死了。请求上帝，可别让他驴鸣般的声音招来什么邪祟。与其听他唱歌，我宁愿听半夜的老乌鸦叫，不管有什么灾难跟着来。[1]

唐·彼德罗 好，太好了。你听明白了吧，鲍尔萨泽？请你给我们准备些好音乐，明天晚上，我们要在希罗小姐的窗下唱给她。

鲍尔萨泽 我一定尽力去办，殿下。

唐·彼德罗 很好，再见。 鲍尔萨泽下

过来吧，里奥那托。今天您跟我说了什么来着，您的侄女贝特丽丝爱上了培尼狄克先生？

克劳狄奥 （旁白。对唐·彼德罗）啊，来了！

小心点，鸟儿在树上打盹儿。——

1 夜半乌鸦叫被认为是灾难来临的征兆。

（大声）我怎么也想不到那位小姐会爱上什么男人？

里奥那托 我也想不到，但更出乎意料的是，她竟然会对培尼狄克先生一往情深，从表面上看，她可是一副深恶痛疾的样子。

培尼狄克 （旁白）这怎么可能？怎么会有这样的事？

里奥那托 说真的，殿下，我不知道怎么说才好，反正她爱他爱得痴狂，简直没法想象。

唐·彼德罗 也许她只是假装出来的吧。

克劳狄奥 嗯，很有可能。

里奥那托 噢，天哪！假装？我从来没有见过什么人，能把炽烈的爱情假装得这么惟妙惟肖。

唐·彼德罗 啊，她是怎么表现的？

克劳狄奥 （旁白。对二人）上好了钓饵，鱼就要上钩了。

里奥那托 殿下，您问怎么表现的？她连坐着的时候都会——您不是听到我女儿说起过吗？

克劳狄奥 她确实说起过。

唐·彼德罗 怎么回事？怎么回事？请你们快告诉我。真是让我大吃一惊，我本以为无论怎样的爱情袭击，都不会叫她的心沦陷。

里奥那托 我发誓我也本以为是这样，殿下，尤其不会往培尼狄克身上想。

培尼狄克 （旁白）要不是那个白胡子老头这样说，我肯定会认为这是场骗局。这样年高德劭的一个人，应是不会玩弄这种伎俩的。

克劳狄奥 （旁白。对二人）他已经上钩了——把鱼竿拉紧。

唐·彼德罗 她的这份感情让培尼狄克知道了没有？

里奥那托 没有，她发了誓，绝不会向他吐露分毫。这正是她的痛苦所在。

克劳狄奥 的确如此，令爱也听她这样说："我每次遇到他总要奚落一番，难道如今我倒要给他写信，说我爱他吗？"

里奥那托 她最近每每提笔要写这封信，都会这样嘟囔。可是一个晚上，她还是要起来二十次，披上一件衬衣，直到写满了一张信纸才能入睡。这些都是小女告诉我们的。

克劳狄奥 您说起信纸，我又想起令爱告诉我们的一个有意思的笑话。

里奥那托 哦，是不是说她把信写完折好，又打开看了看，发现"培尼狄克"和"贝特丽丝"两个名字正好对折到了一起？

克劳狄奥 正是。

里奥那托 嗬，她把那封信撕成了一千片，还狠狠地骂了自己一顿，说她不该这么不知羞耻，明知道他收到信一定会嘲笑她，自己却还要给他写。"我是将心比心，"她说，"要是他写这样一封信给我，我也会嘲笑他的。是的，虽然我心里爱着他，可我还是会嘲笑他的。"

克劳狄奥 于是她跪倒在了地上哭了起来，抽噎个不停，捶打着自己的心脏，撕扯着自己的头发，一会儿祈祷，一会儿诅咒："啊，亲爱的培尼狄克！求求上帝啊，赐给我忍耐吧！"

里奥那托 她确实是这副模样，小女就是这么说的，这种难以自持的癫狂把她折磨得好苦，希罗有时候甚至害怕她会做出什么不顾死活的事情来。这些都是千真万确的。

唐·彼德罗 既然她不肯自己吐露衷情，那么由别人告诉培尼狄克也好啊。

克劳狄奥 那又能怎样？无非给他当作个笑柄，叫那可怜的姑娘更受折磨。

唐·彼德罗 要是他真的这么无情，我们就伸张正义把他吊死。那是一个多好多可爱的姑娘啊，而且品行端正也没的说。

克劳狄奥 还聪明过人。

唐·彼德罗 在什么事上都聪明，只有爱上培尼狄克显得不够聪明。

里奥那托 啊，殿下，理智与激情在这样一个娇嫩的身躯里交战，我看十有八九激情要成为主宰。我是她的叔父，也是她的监护人，看着她这个样子，心里真是难受。

唐·彼德罗 我倒希望她的这份痴情是用在我身上的，那我一定甘心抛下一切，也要她成为我的另一半。请您把她的心意告诉培尼狄克，看看他会怎么说。

里奥那托 您觉得这样做好吗？

克劳狄奥 希罗怕她无论如何也活不下去了，因为贝特丽丝说，要是培尼狄克不爱她，她一定会死去；而她宁愿死，也不想让培尼狄克知道她的这份爱；就算对方来向她求婚，她也宁可去死，也不愿稍微收一收她一贯的倔脾气。

唐·彼德罗 她这样是对的，如果她真的把这一腔柔情献给了培尼狄克，很可能反而要遭到他的嘲笑。因为这个人啊，你们也都知道，性情真是相当傲慢。

克劳狄奥 他长得很英俊。

唐·彼德罗 他的确有副好皮囊。

克劳狄奥 平心而论，我觉得，他也很聪明。

唐·彼德罗 他的确是个好行小慧的人。

里奥那托 我认为他还很勇敢。

唐·彼德罗 他简直是我们的赫克托耳[1]。可一到吵架动武的时候，他的聪明劲儿就使出来了，要么就用他冷静的判断溜之大吉，

1 赫克托耳（Hector）：特洛伊之战中特洛伊的领袖，以英勇著称。

要么就表现出他那颗基督徒的敬畏之心，一副战战兢兢的样子。

里奥那托 如果他真的敬畏上帝，自然要和人家和平相处。一旦动起武来，也自然要诚惶诚恐地应战。

唐·彼德罗 他的确是这样。无论那张嘴怎样胡说八道，但他终究是敬畏上帝的。唉，我真为令侄女难过。我们这就去找培尼狄克，把她的心意告诉他？

克劳狄奥 不要告诉他，殿下，让贝特丽丝一个人再想想，慢慢地把这段感情淡忘了吧。

里奥那托 不，那是不可能的。在这段感情淡忘之前，她的心早就碎了。

唐·彼德罗 好吧，咱们先等等看，听听令爱最近又有什么消息。暂且不去管它了。我很喜欢培尼狄克，我希望他可以心平气和地反省一下，看看自己有多么配不上这样一位好姑娘。

里奥那托 殿下，请移步。晚餐已经准备好了。

克劳狄奥 （旁白。对二人）如果他听了这些还不会爱上她，我就再也不相信自己的预测了。

唐·彼德罗 （旁白。对二人）下面我们就要如法炮制，使她也陷入罗网。这需要仰仗令爱和她的侍女多多费心了。有趣的是，他们都会以为对方对自己一往情深，其实都只是自作多情——我要安排的正是这样一出哑剧。我们叫贝特丽丝去请他来吃饭吧。 唐·彼德罗、克劳狄奥与里奥那托下

培尼狄克 （他上前）他们如此严肃地谈论此事，事情的原委又是从希罗那里听来的，这绝不会是什么阴谋诡计。他们好像很同情这位姑娘，她对我的热情已经像决堤的洪水一样无法遏制。她爱我？啊，我一定要报答这份情意。我

听见他们怎么批评我了，说如果我知道了她在爱我，一定会摆架子。他们还说，她宁死也不愿把这份感情吐露半分。结婚，我倒是从来没有想过。可我一定不能摆架子。闻过能改，不是件值得高兴的事吗？他们说这位姑娘长得美——这是真的，我可以做证；说她品行端正——的确如此，无可指摘；说她聪明，除了爱我这件事之外——老实说，这件事固然不能显示出她的聪明，但也不会证明她的愚笨，因为我也要不可救药地爱上她啦。也许别人会因此对我取笑挖苦，谁让我一直对结婚那么轻蔑。可是难道一个人的口味就不会改变吗？多少人年轻的时候无肉不欢，老了却半点荤腥都不沾？别人的几句冷嘲热讽，几则肤浅的格言，一些无关痛痒的闲言碎语，难道凭这些就能吓退一个男子汉，让他踌躇不前吗？不，绝不能让人类在地球上绝种。曾经我宣称自己到死都会是个单身汉，那是因为我没想过我能活到结婚的那一天。贝特丽丝来啦！我的天，真是个美丽的姑娘！我还真能从她脸上体察出几分对我的情愫来。

贝特丽丝上

贝特丽丝　他们派我来请您进去吃饭，可这不是出自我的本愿。

培尼狄克　好贝特丽丝，辛苦啦，谢谢！

贝特丽丝　我并没吃什么“苦”值得领受您的谢意，这样感谢我倒是“苦”了您。如果这真是件苦差事，我就不会来了。

培尼狄克　那您是欢喜地来叫我吗？

贝特丽丝　对，欢喜得好比拿刀尖梗住笨鸟的喉咙，让它没法再叽叽喳喳。您还不饿吧，先生，再见。　下

培尼狄克　哈！“他们派我来请您进去吃饭，可这不是出自我的本

愿。”——这分明是话里有话。[1]“我并没吃什么‘苦’值得领受您的谢意，这样感谢我倒是‘苦’了您。”——这等于在说：“无论我为你吃多少苦，都像说一声谢谢那样轻松。”要是我不怜惜她，我就是个混蛋；要是我不爱她，我就是个犹太人[2]。我要去弄一张她的小画像来。　　下

1　培尼狄克理解为：“我不需要他们派我来，我自己本就愿意来叫您吃饭。”——译者附注
2　在伊丽莎白时代，犹太人常被认为冷酷无情。

第三幕

第一场 / 第六景

希罗与两位侍女玛格丽特、欧苏拉上

希罗 好玛格丽特，你快跑去客厅，
找我的姐姐贝特丽丝去，
她正在跟亲王和克劳狄奥聊天。
你凑近她身边悄悄耳语，
说我和欧苏拉正在花园里散步，
你听到我们私下所谈与她有关，
叫她溜到浓荫下的凉亭，
在那里，金银花被阳光煦养，
枝蔓长成，却反将太阳遮挡，
就好像权臣受尽了恩宠，
待羽翼丰满就向朝廷抗命。
你须安排她在此处静听，
其余诸事自有我来谋定。

玛格丽特 请放心，我立刻就去叫她。 下

希罗 欧苏拉，待贝特丽丝来时，
你我就沿小径来回漫步，
将培尼狄克的种种细数。
你须把他夸得天花乱坠，
人间再无男人与他媲美。
我则述说他的相思成疾，

他如何倾心于贝特丽丝。
用妄语铸一支爱神之箭，
趁隔墙有耳射入她心间。

贝特丽丝上，躲入凉亭

现在好戏开场：
看她像只田凫缩头缩颈，
趟着地跑来猫在那偷听。

欧苏拉 （对希罗）要说农夫们的垂钓之乐，
正是看鱼金桨划开银波，
把险诈的香饵贪婪吞咽，
恰如贝特丽丝此刻一般。
她就藏身金银花丛之下。
请放心我绝不会说错话。

希罗 （对欧苏拉）那么让我们靠近她身边，
看她用耳朵把香饵悉数吞咽。（二人走近凉亭）
（大声）不，真的，欧苏拉，她太高傲了。
她的脾气就像山崖上的野鹰，
孤傲而又倔强。

欧苏拉 可您说的是真的吗，
培尼狄克这样全心爱着贝特丽丝？

希罗 亲王和我的未婚夫都这么说。

欧苏拉 他们有没有让您告诉她，小姐？

希罗 他们托我转述这份相思，
我却奉劝他们瞒住此事，
如果真的关心培尼狄克，
不如帮他快刀斩断情丝。

欧苏拉 您说这话又是什么意思？

难道这位先生品貌堂堂，
竟不配贝特丽丝的婚床？

希罗 啊，爱神在上！我知道他配，
世间的福泽他受之无愧。
可造物从未将女人之心，
造得如贝特丽丝般骄矜。
轻蔑在她眼中闪着冷光，
把她所见一切贬损无遗；
全仗着那一副尖嘴利牙，
自以为万事都不在话下。
她从来不知道爱为何物，
她只爱她自己。

欧苏拉 对，我也这样认为。
这份痴情不能让她知道，
否则定会遭她无情嘲笑。

希罗 唉，就是这样。无论这男子
怎样聪明、高贵、年轻、英俊，
她总会把他贬得不值一文。
白净些的，说成油头粉面，
定要和这先生姐妹相称；
皮肤黑的，则是上帝失手，
画小丑误泼了一脸墨汁。
高个子说成歪头的长矛，矮个子称作刻坏的玛瑙[1]。
要是遇上个能说会道的，就说是骨碌转的风信标。
如果碰见个寡言少语的，唉，又成了呆兮兮的木雕。

1 刻坏的玛瑙：玛瑙戒指上常刻有小人像。

她把男人批得体无完肤，
任何真实的才德与品貌，
在她那讨不到半点好处。

欧苏拉 唉，这样刻薄可不敢恭维。

希罗 就是呀，古怪到不近人情，
这姑娘真叫人不敢恭维。
可谁敢向她言明？就算我好言相劝，
她也会用层出不穷的俏皮话
一句句把我挖苦得无地自容。
所以，还不如让培尼狄克把深情化作
炉中的文火，在叹息声里消磨和荒废。
寂灭总胜过被耻笑而死，
那种滋味有如万蚁噬心。

欧苏拉 不如把这些告诉她，看她怎么说？

希罗 不，我还是去找培尼狄克，
劝他狠心斩断这段痴情。
真的，我要捏造一些谣言，
不至于损害姐姐的名声，
却足以令恋人心灰意冷。

欧苏拉 啊，别做对不起姐姐的事！
人人都夸赞她冰雪聪明，
她怎能糊涂到不辨黑白？
培尼狄克先生多么难得，
她绝不会将他拒之门外。

希罗 他是意大利数一数二的男人，除了
我心爱的克劳狄奥，无人可以媲美。

欧苏拉 小姐，请您恕我直言不讳，

培尼狄克先生据我所知，
从相貌到谈吐，论器量比勇武，
是全意大利公认的首屈一指。

希罗 的确如此，他一直盛名在外。

欧苏拉 他的才德无愧这般盛名。
小姐，您几时出阁？

希罗 啊，就在明天。来，跟我进来。
我要你帮我看几件发饰，
选选明天戴哪件最合适。（二人离开凉亭）

欧苏拉 她上钩了，小姐。我敢说，咱们捉住她啦！

希罗 若果真如此，爱情就成了凑巧，
有人中了神箭，有人跳进圈套。 希罗与欧苏拉下

贝特丽丝 （上前）这是真的吗？烈火在我耳中熊熊灼烧。
我如何承受这轻狂之名？
再见吧，我处女的骄傲！
它竟让我如此遭人诟病。
培尼狄克，爱下去！我会报答你。
收服我孤傲的心，用你柔情的手。[1]
只要你爱我，我会用温柔鼓励你，
和我在神圣的契约下终生相守。
别人都夸你有种种好处，
可你的好，我比谁都清楚。 下

1 希罗之前将贝特丽丝比作孤傲的野鹰，此处谓野鹰终将被驯服于放鹰人之手。

第二场 / 第七景

亲王唐·彼德罗、克劳狄奥、培尼狄克与里奥那托上

唐·彼德罗 我就等你婚礼完成，然后就回阿拉贡去。

克劳狄奥 殿下如果准许，我愿护送您回去。

唐·彼德罗 不，你正当新婚燕尔，那样该多煞风景！就好比把一件新衣服给孩子看了，却不许他穿一样。我只想冒昧请培尼狄克给我做个伴，因为他这个人啊，从头到脚，一身都是快活劲儿。他曾经三番两次割断了丘比特的弓弦，让那个小刽子手再也不敢招惹他。他那颗心像一口钟一样坦荡，他的舌头就是钟舌，心里想什么，嘴里就说什么。

培尼狄克 弟兄们，我已经不再是原来那个我了。

里奥那托 我也觉出来了，您看着有点儿忧愁。

克劳狄奥 我希望他是在恋爱。

唐·彼德罗 算了吧，这轻浮的家伙！他浑身上下没有一滴热血，不可能恋爱。要是他忧愁，那肯定是愁钱花了。

培尼狄克 我牙疼。

唐·彼德罗 那就拔掉它。

培尼狄克 唉，真要命！

克劳狄奥 疼的时候要命，拔掉就好了。

唐·彼德罗 怎么？区区牙疼就会让你叹起气来？

里奥那托 也就是有点儿上火，要不就是个小蛀虫作怪吧。

培尼狄克 得了，风凉话谁都会说，又不是疼在自己身上。

克劳狄奥 我还是觉得，他是在恋爱。

唐·彼德罗 他倒是没显露出那股酸腔酸调，也就是穿着打扮有些不着调——今天穿成个荷兰人，明天又扮作法国佬。[1]他看起来无非有这么些傻兮兮的调调儿，此外倒看不出你说的，成了恋爱中的傻瓜。

克劳狄奥 如果他没爱着哪个女子，那些经验之谈就靠不住了。他天天早上刷帽子，这代表什么呢？

唐·彼德罗 你们有人在理发店碰见过他没有？

克劳狄奥 没有，但有人在他那儿碰见过理发师。他脸蛋上那一把陈年的装饰品，现在已经被塞进网球里了。[2]

里奥那托 确实，没了胡子，他看着更年轻了。

唐·彼德罗 何止啊，他还擦了麝猫香水。你们闻出来他身上的香味儿了吗？

克劳狄奥 这等于在说，这只小香猫在恋爱了。

唐·彼德罗 最明显的，就是他忧郁的神情。

克劳狄奥 还有，他什么时候开始用香膏洗脸了？

唐·彼德罗 对了，他还擦粉呢，我听人家这么议论他。

克劳狄奥 还有他那股嬉皮笑脸的劲儿，也悄悄钻进琵琶弦里去了，现在总是一副欲说还休的样子。

唐·彼德罗 没错，那把琵琶为他弹奏了一支忧伤的小调。总之，他恋爱了。

克劳狄奥 还有呢，我还知道谁爱着他。

唐·彼德罗 我也很想知道。我敢说，这位小姐对于他的为人，肯定不太熟悉吧。

1 在四开本中，此处之后还有涉及德国和西班牙的句子。对开本将其删掉了，可能是为避免冒犯在场的观众。

2 当时的网球以毛发填充。

克劳狄奥 不，她深知他所有的坏毛病，可是这些都无关紧要，她甘愿为他而死。

唐·彼德罗 当她入土的时候，一定是脸朝上的。[1]

培尼狄克 你们这样絮絮叨叨地念咒，可治不好我的牙疼。老先生，陪我走走吧。我倒是琢磨出几句正经话，要跟您说一说，可是不能让这些捣蛋鬼听见。 培尼狄克与里奥那托下

唐·彼德罗 我敢打赌，他一定是要说贝特丽丝的事。

克劳狄奥 定是如此。此时希罗和玛格丽特也已经为贝特丽丝演过这一出，以后这两只熊遇上了，总不会再咬起来了吧。

私生子唐·约翰上

唐·约翰 王兄别来无恙？

唐·彼德罗 晚上好，贤弟。

唐·约翰 您要是有工夫的话，我想和您谈谈。

唐·彼德罗 要私下说吗？

唐·约翰 最好这样。不过克劳狄奥伯爵不妨听一听，因为我要说的与他有关。

唐·彼德罗 什么事？

唐·约翰 （对克劳狄奥）阁下是否准备在明天结婚？

唐·彼德罗 你早就知道他明天结婚。

唐·约翰 要是他知道了我所知道的事情，那他明天是否结婚，我就不知道了。

克劳狄奥 是不是有什么话不好说的？请您明说无妨。

唐·约翰 您也许以为我心里头对您有疙瘩，那就把这些成见先搁在这儿，等您听完了我这会儿要说的事情，自然就明白我这个人到底怎么样了。至于我的兄长，我相信他对

1 基督徒入土时是脸朝上的；亦指性爱时的姿势，在培尼狄克身下。

您是非常器重的，为您的婚事牵线，也是出自一片热心——可惜这一番心血，花得好不冤枉。

唐·彼德罗 啊，是怎么一回事？

唐·约翰 我就是特地过来告诉你们的，详情我也不必多说——她那档子事早就传开了——那位小姐是不贞洁的。

克劳狄奥 谁？希罗？

唐·约翰[1] 正是她！里奥那托的希罗，您的希罗，所有男人的希罗。

克劳狄奥 不贞洁？

唐·约翰 用这个词来描述她还嫌太厚道了些，不足以体现出她的恶劣。她岂止是不贞洁，随便您想出一个更难听的词，放在她身上都不嫌过分。不必怀疑，就等着事实来验证吧。今晚跟我一起走，你们会亲眼目睹，就在新婚的前夜，她闺房的窗户还有男人钻进钻出。看了这一幕，您要是还爱着她，明天就和她结婚吧。不过为了您的名誉起见，我看您还是改改主意吧。

克劳狄奥 这会是真的吗？

唐·彼德罗 我无法相信。

唐·约翰 如果不相信亲眼所见的事实，那么就当不知道好了。你们只要跟着我，我会让你们看个清清楚楚，等你们看够听够，再作主张吧。

克劳狄奥 如果我今晚真的看到了什么，让我没法再娶她。那我明天就要在举行婚礼的教堂里，当众羞辱她。

唐·彼德罗 当初是我帮你向她求婚，我也会帮你羞辱她。

唐·约翰 我也不必再多说她什么坏话，你们就要替我证明了。现在先不要声张，耐心等到今晚，事情自会水落石出。

1 对开本写作唐·彼德罗，应系讹误。——译者附注

唐·彼德罗 啊，晴空阴霾骤起！

克劳狄奥 啊，情路遍布荆棘！

唐·约翰 啊，不幸中的大幸！等你们看到那结果，就会庆幸发现得及时。 众人下

第三场 / 第八景

道博雷与警佐胡杰士及众巡丁上[1]

道博雷 你们都是老老实实的好人吗？

胡杰士 是呀，不然的话，他们在死后，灵魂和肉体可是要往生极乐[2]的，那可就惨啦。

道博雷 不，他们当上了王爷的巡丁，要是敢有一点儿恪尽职守[3]，这惩罚还太轻了些。

胡杰士 好吧，道博雷好兄弟，把差事派给他们吧。

道博雷 第一，选一个小队长的话，你们认为谁最愧不敢当[4]？

巡丁甲 回长官，休·阿凯或者乔治·喜哏儿[5]，因为他俩会读书

1 道博雷（Dogberry）：dogberry 意为“野生山茱萸的果实”。胡杰士（Verges）：源自 verjuice（生果汁），即未成熟水果的酸苦果汁。巡丁：一些当地市民组成的治安协管小队。

2 往生极乐：胡杰士指“下地狱”。道博雷与胡杰士二人说话颠三倒四，掺杂不清，喜欢乱用大词和成语。——译者附注

3 恪尽职守：道博雷指“玩忽职守”。

4 愧不敢当：道博雷指“当之无愧”。

5 休·阿凯（Hugh Otecake）：此名取自 oatcake（燕麦饼）。乔治·喜哏儿（George Seacole）：此名取自 sea coal（煤炭），一种比木炭昂贵的燃料。

写字。

道博雷 到这儿来，喜哏儿好兄弟。上帝赐给了你一个好名字。（巡丁乙上前）一个人长得漂亮全靠运气，可是会读书写字才是天生的哪！

巡丁乙 长官大人，这两样——

道博雷 你都有，我知道你要这么说。好吧，朋友，说到你的长相，嘿，你该谢谢上帝，自己也要少卖弄些。说到你会读书写字，等用不着这种花把势的时候，自然会让你拿出来显摆。在这里边，你是大伙儿公认最呆头呆脑[1]、最配得上当巡丁小队长的人，所以这个灯笼交给你提着。你的任务是：遇到所有流氓无赖，都要力有不逮[2]，你可以用王爷的名义喝令任何人站住。

巡丁乙 要是他不站住怎么办？

道博雷 哦，那样的话，就别理他了，让他走吧，然后你就马上把其他巡丁都叫来，一起感谢上帝，你们已经把一个混蛋给打发掉啦。

胡杰士 要是喊他站住他不站住，他就不是王爷的子民。

道博雷 对！不是王爷的子民，咱们就不用管他们。你们也不准在街上吵吵嚷嚷，因为巡丁们要是也滋儿哇乱叫起来，那可绝对是最义不容辞[3]、最不可宽恕的。

巡丁 我们宁愿睡觉也不说话，我们知道一个巡丁的职责。

道博雷 啊，你说得简直就像个最安静的古老巡丁，因为我实在看不出睡觉能碍着谁，只要小心你们的钩镰枪别让人偷

1 呆头呆脑：道博雷指“头脑聪明”。
2 力有不逮：道博雷指“全力逮捕”、“严惩不贷”。
3 义不容辞：道博雷指“不能容忍”。

走就行啦。对了，你们还得去各家酒馆儿遛遛，叫那些喝醉酒的人回家睡觉。

巡丁 要是他们不听怎么办？

道博雷 哦，那就别理他们，让他们自己清醒过来吧。要是酒醒过来了却还是不买你的账，你就可以说，他们没有醉，用不着你们管。

巡丁 是，长官。

道博雷 要是你们遇上一个贼，你们可以出于自己的职责，怀疑他不是个好人。对于这类人，你越少和他们接触，就越说明你们是正派人。

巡丁 要是明知道他是个贼，我们不动手抓他吗？

道博雷 当然，出于你们的职责，你们可以抓。但是照我看，把手伸进染缸里的人，总会弄脏自己的手。要是你们真的遇上一个贼，最和气的办法就是让他把看家本领使出来，从你们面前偷偷溜走。

胡杰士 伙计，你向来是公认的好心人。

道博雷 是呀，就是一条狗我也不忍心把它吊死，更何况对于一个天良未泯的人，我自然就更加当仁不让[1]啦。

胡杰士 要是你们听见谁家的孩子半夜在那儿哭，你们必须去把奶妈叫醒，让她把孩子哄住。

巡丁 要是奶妈睡着了，叫不醒怎么办？

道博雷 嘿，那就悄悄地走开，让孩子的哭声把奶妈吵醒，因为一头母羊如果连她的小羊羔的哭叫都听不见，当然更不会回应一头小牛犊的叫喊啦。

胡杰士 说得妙！

1 当仁不让：道博雷指“仁慈”、“于心不忍”。

道博雷	我的吩咐到此为止。你，作为小队长，就代表着王爷本人。就算你夜里遇见了王爷，你也可以把他扣住。
胡杰士	哎哟，圣母娘娘！我看那可不成。
道博雷	有哪个懂章法[1]的，我出五个先令赌他一个先令，他可以把王爷扣住。当然喽，那还得看王爷本人乐不乐意，因为巡丁是不应该冒犯别人的，扣住一个不愿意被扣住的人，不就是对人家的一种冒犯吗？
胡杰士	圣母娘娘！我也是这么想的。
道博雷	哈，嗯，哼！好了，伙计们，晚安。要是有什么要紧的事，你们就把我叫起来。嘴巴放严实点儿，别人和自己的事儿都别乱说，晚安。咱俩走吧，好兄弟。（欲走）
巡丁	好了，伙计们，都听见咱们的职责了。咱们就在这个教堂门口的凳子上坐下，挨到两点钟，然后都回家睡觉。
道博雷	好兄弟们，我再多说一句。请你们多盯着点儿里奥那托先生家的大门，因为他们家明天办喜事，今晚肯定乱哄哄的。告辞了，请你们一定要多放心[2]。

道博雷与胡杰士下

波拉契奥与康拉德上

波拉契奥	喂，康拉德？
巡丁	（旁白）嘘，别乱动！
波拉契奥	康拉德，你人呢？
康拉德	这儿，老兄，我就在你胳膊边上。
波拉契奥	妈的，我说怎么胳膊肘儿痒痒，我还以为是我那颗癞疥疮犯了。

1 章法：道博雷指“法章”、“法令”。

2 多放心：道博雷指“多留心”。

康拉德 这笔账回头跟你算，现在你先讲讲你那个故事。

波拉契奥 下小雨了，你站到这屋檐下面来，我可以真像个醉鬼[1]似的，把什么都跟你说了。

巡丁 （旁白）伙计们，有阴谋。大家躲好别动。

波拉契奥 跟你说了吧，我从唐·约翰那儿挣了一千块钱。

康拉德 干个坏事儿真的能值这么多钱？

波拉契奥 你倒不如问，一个坏人怎么能出这么多钱。有钱的坏人需要没钱的坏人帮忙，没钱的坏人就可以漫天要价。

康拉德 我有点儿不相信。

波拉契奥 那说明你还有点儿嫩。你知道一件紧身衣、一顶帽子、一件披肩的款式时髦不时髦，跟一个人本身毫无关系。

康拉德 嗯，它们不过是些遮羞御寒的东西。

波拉契奥 我说的是款式时髦还是不时髦。

康拉德 对呀，时髦总归是时髦。

波拉契奥 呸！我还要说，笨蛋总归是笨蛋。你不知道，时髦是一个怎么样的丑贼，朝三暮四，搞得人丑态百出。

巡丁 （旁白）我知道那个丑八怪，这七年来他一直是个臭贼，在街上走来走去的倒像个绅士似的。我还记得他的名字呢。

波拉契奥 你没听见什么人说话吗？

康拉德 没有，那是房顶的风信标在转。

波拉契奥 我说，你不知道这时髦是个多么反复无常的丑贼，他把十四到三十五岁的那些血气方刚的小伙子，搅得晕头转向。有时候把他们打扮得活像那积满尘垢的陈年古画上，

1 醉鬼：波拉契奥在西班牙语中为 *borracho*，意为“醉鬼”。——译者附注

埃及法老的士兵[1]；有时候又好似老教堂的窗户上，那异教邪神的祭司[2]；有时候又成了虫蛀的脏挂毯上，剃光了胡子的赫剌克勒斯，裤裆[3]就像他手里那根棍棒一样又大又沉。

康拉德 这些我都明白，我也知道一件衣服还没来得及穿旧，时髦款式早就花样儿翻新了多少次。可你知道你自己也被时髦搞得晕头转向了吗？本来要讲的故事都不讲了，就顾着跟我大谈起时髦来。

波拉契奥 那倒没有。跟你说了吧，今天晚上我刚跟玛格丽特调了情，她是希罗小姐的侍女，我就管她叫"希罗"。她靠在她小姐闺房的窗口，跟我道了一千遍晚安——我把这故事讲得太糟糕啦——我应该先给你讲讲，亲王和克劳狄奥是怎么被我的主子唐·约翰下套，诱到了花园里，远远地瞧见我这一出风流韵事。

康拉德 那他们都以为玛格丽特是希罗喽？

波拉契奥 亲王和克劳狄奥两个人都信以为真，只有我那魔鬼一样的主子心里头门儿清，知道她是玛格丽特。他们俩之所以相信，一方面是因为我主子信誓旦旦，先把他们蒙住了；另一方面是当时黑灯瞎火，骗过了他们的眼睛。当然主要还是我的奸计立了头功，证实了唐·约翰胡编乱造的谣言，气得克劳狄奥甩袖子就走，撂下一句狠话，说他明天早上照旧去教堂，要在那儿当着大家的面儿，把他晚上看见的事儿都抖搂出来，让她没脸做人，然后

1 埃及法老的士兵：这位法老派兵追击出埃及的以色列人，后士兵溺死在红海。

2 异教邪神的祭司：《圣经·旧约》里的《但以理书》（*Book of Daniel*）记载，当但以理证明彼勒神（Bel）为伪神之后，波斯王将其祭司处死。

3 欧洲中古时期，男子裤裆有装饰性的袋状盖片。

把她退回娘家去。

巡丁甲 我们以亲王的名义命令你们，站住！

巡丁乙 快去叫长官大人起床，我们收获了一个全国最危险的淫谋秽计。[1]

巡丁甲 那个丑八怪就在他们里面，我认得他，他头发上打了个相思结[2]。

康拉德 兄弟们，兄弟们——

巡丁乙 把丑八怪交出来吧，不怕你们不从。

康拉德 兄弟们——

巡丁甲 住嘴！我们服从[3]你们跟我们走。

波拉契奥 落在这帮人手里，他们可是捞了一票好货。

康拉德 少不了一通验货呢。来吧，我们服从你们。 众人下

第四场 / 第九景

希罗、玛格丽特与欧苏拉上

希罗 好欧苏拉，去把我的姐姐贝特丽丝叫醒，催她快点儿起来。

欧苏拉 是，小姐。

希罗 请她到这里来。

1 收获：指“破获”；淫谋秽计：指“阴谋诡计”。

2 相思结：当时英国男子间流行用丝带扎起一绺垂下的卷发，称为“相思结”。

3 服从：指“命令”。

欧苏拉 好的。 下

玛格丽特 说真的，我看您还是用另一个绉领好些。

希罗 不嘛，好玛格丽特，还是让我戴这个吧。

玛格丽特 说真心话，这个没那个好，我保证您姐姐也会这么说的。

希罗 我姐姐是个傻瓜，你也是。我就要戴这个嘛。

玛格丽特 我特别喜欢内室里那个新的发罩，要是头发的颜色再深一点点就更好了。还有，说老实话，您那件礼服的款式真是漂亮极了。人家都称赞的那件米兰公爵夫人的礼服，我可也看见过。

希罗 啊，他们都说那件漂亮极了。

玛格丽特 不是我乱说，她的跟您这件比起来，充其量不过是件睡衣——金线织的缎子，有镂空的花样，镶着银色花边，缀着珍珠，窄袖到腕，宽袖披肩，裙摆是大圆的，上面缀着蓝色的亮片儿。可是要说到款式的高贵、美丽、优雅、大方，您这一件顶得上她十件。

希罗 上帝保佑，让我快快乐乐地穿上这件衣服吧！我的心里好沉重，就像压着什么似的。

玛格丽特 很快又要有一个男人压上来，到时候可就更重了。

希罗 啐！你也不害臊？

玛格丽特 害什么臊呀，小姐？因为我说了句老实话？即使对于一个乞丐，结婚不也是件体面的事儿吗？像您先生这样尊贵的人，难道结了婚就不体面了吗？没准儿您是嫌“男人”这个词太粗俗，那我就改说“丈夫”好啦。我说话实实在在，不能往歪处想。我说“有了丈夫，心里压的事儿就更重了”，这话有什么错儿吗？我看什么错儿也没有，只要是明媒正娶的夫妻。否则不就成了轻薄了？那倒是没什么沉重的。您要是不同意，就问问贝特丽丝小姐吧，她来啦。

贝特丽丝上

希罗 早安，姐姐。

贝特丽丝 早安，亲爱的希罗。

希罗 啊，怎么啦？你身体不舒服吗，怎么说话的调子软绵绵的？

贝特丽丝 我觉得我已经不会别的调子了。

玛格丽特 让我们来一曲《薄情女》吧！——这调子里没有沉重的男低音。你来唱，我来跳舞。

贝特丽丝 用你的小浪蹄子边唱边跳吧！将来哪个男人娶了你，他家的马厩里都不愁添不上小马驹儿了。

玛格丽特 哎哟，这真是牛头不对马嘴！我把您这话用鞋跟儿跺碎。

贝特丽丝 快到五点了，妹妹，你该准备好啦。说真的，我觉得好难受。唉，好痛啊！

玛格丽特 您是哪里痛？身上，还是心里？

贝特丽丝 才下眉头，又上心头。

玛格丽特 嘿，我看您肯定是动起歪心思来啦。我要是看走眼了，开船的也不用看北极星了。

贝特丽丝 这个傻瓜在那儿说什么呢？我没明白。

玛格丽特 就当我什么也没说，总之，愿上帝保佑每个人心想事成吧！

希罗 这副手套是伯爵送给我的，你闻，用上好的香料熏的呢。

贝特丽丝 我的鼻子被塞住了，妹妹，我闻不出来。

玛格丽特 一个大姑娘，被什么塞住了！[1] 这感冒感得妙！

贝特丽丝 啊，我的上帝，我的上帝！你从什么时候开始这么自作

1 此句带有性暗示。

聪明地说起俏皮话来了？

玛格丽特 自从您这张嘴收了兵，我倒开了窍。我这些俏皮话是不是总让人眼前一亮？

贝特丽丝 亮得还不够惹眼，你应该把这些俏皮话扣在自己头上，像个小丑戴的大红花。说真的，我是病了。

玛格丽特 看您这是心慌气短，有一种药草叫“飞廉·培尼狄克忒”[1]，您去买一点儿来，煎了汁敷在胸口，治您的心病疗效最好。

希罗 你这药草可要把她的心刺破了。[2]

贝特丽丝 “培尼狄克忒”？为什么用这个？你推荐“培尼狄克忒”有什么别的意思？

玛格丽特 别的意思？没有，天地良心，我一点儿别的意思也没有，我说的就是普普通通的水飞蓟。您恐怕是以为我猜想您害了相思，不，圣母在上，我又不是个爱怎么想就怎么想的傻瓜；也不是个想起一出是一出的主儿；而且说真的，我就算绞尽了脑汁，挖空了心思，也绝不会去猜想您害了相思，或者您以后要害相思，或者您有一星半点儿害相思的可能性。不过话说回来，培尼狄克本来也跟您一样，可现在却变了个人。他以前发誓一辈子不结婚，可现在还不是把那份儿决心抛到了九霄云外，心甘情愿地做起爱情的俘虏了。至于您会不会也变成他那样，我可不知道，不过我感觉您这顾盼含情的眼神儿，倒是跟别的姑娘小姐们差不多啦。

贝特丽丝 你的舌头总是这么马不停蹄地叨叨吗？

1 飞廉·培尼狄克忒（*carduus benedictus*）：即水飞蓟，一种药草，与培尼狄克谐音。
2 水飞蓟多刺，故此处语意双关。——译者附注

玛格丽特　这可是一匹认识道儿的老马。

欧苏拉上

欧苏拉　小姐，快进去准备一下。亲王、伯爵、培尼狄克先生、唐·约翰，还有全城的公子哥儿们，全都来了，来接您到教堂去。

希罗　快帮我装扮起来吧，好姐姐，好玛格丽特，好欧苏拉。

众人下

第五场 / 第十景

里奥那托、警官道博雷与警佐胡杰士上

里奥那托　老朋友，你来找我有什么事？

道博雷　我说，老爷，我有件机密的事儿要向您禀报，这件事儿与您脱不开干系[1]。

里奥那托　请你简单明了地说吧，你看我现在忙得很哪！

道博雷　我说，老爷，这件事情是这样的。

胡杰士　没错，老爷，这件事情，千真万确，就是这样的。

里奥那托　到底是怎样的啊，我的好朋友们？

道博雷　老爷，胡杰士是个老好人，就是说话总有些不在点儿上——他上岁数啦，老爷，他的脑筋可比不上以前那么

1　脱不开干系：道博雷指“有很大关系”。

糊涂啦，[1]上帝保佑。可是说句良心话，他是个最老实本分的好人，他的脑门儿上明明白白都写着哪。

胡杰士 是的，感谢上帝，我比起任何一个上了岁数却还在世，跟我一样老实本分却并不比我更老实本分的老头儿，是一样的老实本分。

道博雷 四处攀比最让人不厌其烦[2]。“闲言碎语不多讲”，胡杰士老哥。

里奥那托 两位老哥，你们饶舌的本领真是令人佩服。

道博雷 承蒙老爷这样夸奖，我们荣幸之至，[3]可我们只不过是卑贱的公爵手下的芝麻官儿[4]。可说真的，拿我来说，要是我能像国王一样饶舌，我愿意掏心掏肺地把我这身本领都传给您。

里奥那托 什么？把你饶舌的本领都传给我？

道博雷 是的，就算有比我这本领贵重一千倍的珍宝，我也不会舍不得给您。因为我听人家都夸您名声扫地[5]，不比城里任何一个人差，我虽然是个小人物，听到别人这么说您也很高兴。

胡杰士 我也很高兴。

里奥那托 最让我高兴的就是赶紧知道你们想说什么。

胡杰士 我说，老爷，今天晚上我们巡夜的，抓住了两个全墨西

1 他的脑筋可比不上以前那么糊涂啦：道博雷指“他的脑筋比以前糊涂了”或“他的脑筋不比以前那么灵光了”。

2 不厌其烦：道博雷指“不胜其烦”。

3 道博雷听到“……本领真是令人佩服”就以为“饶舌”是一个好词。——译者附注

4 该句语序错乱，道博雷指“公爵手下卑贱的芝麻官儿”。

5 名声扫地：道博雷以为这是一个类似“声名远播”的褒义词。——译者附注

拿最十恶不赦的恶棍，当然，可没把老爷您算在里面[1]。

道博雷 他是个老好人，老爷，就是爱抢话说。人们都说“上了岁数，脑子就不灵光了”，上帝保佑咱们，真没想到世上还有这种怪事。胡杰士老哥，你的话说得倒真是不错，可发言总得讲究个尊卑次序。上帝是个明白人，两个人骑一匹马，总要安排一个人骑在前面，一个人骑在后面。他是个老实人，真的，老爷，我发誓，但凡吃面包长大的，没人比他更老实。不过，咱们得信上帝，每个人都有他不一样的地方，唉，好兄弟。

里奥那托 说真的，朋友，他比你差远了。

道博雷 我的才能都是上帝的恩赐。

里奥那托 我要失陪了。

道博雷 老爷，还有一句话，老爷，我们的巡丁真的抓住了两个用心良苦[2]的家伙。我们准备今天早上就当着老爷您的面审问他们。

里奥那托 你们自己审问完了再来报告我吧。我现在忙得不可开交，你们也都看出来了。

道博雷 好，请老爷恭候我们的消息。

里奥那托 喝杯酒再走吧。再见。

一使者上

使者 老爷，小姐的婚礼还在等着您去呢。

里奥那托 我这就过去，我已经准备好了。 里奥那托与使者下

道博雷 去，好伙计，去，你去把弗朗西斯·喜哏儿[3]叫来，叫他带

1 这句“可没把老爷您算在里面”，画蛇添足，反而造成歧义。

2 用心良苦：道博雷指“用心不良”。

3 弗朗西斯·喜哏儿：指“乔治·喜哏儿”，道博雷可能把此人的名字记错了。——译者附注

上笔和墨水壶到牢房里来。咱们这就去审问那两个家伙。

胡杰士 咱们一定要审得漂漂亮亮。

道博雷 我跟你说，咱们得把平时的聪明劲儿全都使出来。就凭我这个脑袋瓜，非要把他们问得晕头转向不可。你只管去把那个会写字儿的文学家叫来，让他把咱们招供[1]的话记下来，叫他去牢房里见我吧。 同下

1 招供：道博雷指“审问”或“讯问”。

第四幕

第一场 / 第十一景

亲王唐·彼德罗、其弟私生子唐·约翰、里奥那托、神父弗朗西斯、克劳狄奥、培尼狄克、希罗与贝特丽丝及众侍从上

里奥那托 来，弗朗西斯神父，让我们一切从简。只给他们行一个简单的婚礼仪式，至于夫妻间的种种责任，留待您日后再训示给他们吧。

弗朗西斯神父 先生，您来到此地，是要跟这位小姐举行婚礼的吗？

克劳狄奥 不。

里奥那托 是来和她结婚的。神父，您才是为她举行婚礼的人。

弗朗西斯神父 小姐，您来到此地，是要跟这位伯爵结婚吗？

希罗 是的。

弗朗西斯神父 若你二人之间，有人心存隐秘的阻隔，使你们不能结合，我命你们，用灵魂将它言说。

克劳狄奥 希罗，您有什么要说的吗？

希罗 没有，我的主人。

弗朗西斯神父 伯爵，您有什么要说的吗？

里奥那托 我敢替他回答，没有。

克劳狄奥 啊！人们敢做出什么样的事情！人们做得出什么样的事情！人们每天做着些什么样的事情，却不知道自己都做了些什么样的事情！

培尼狄克 怎么发起感叹啦？我来教你一组表示快乐的感叹词吧，

例如：呵！哈！嘻！[1]

克劳狄奥 神父，请您暂退一旁。父亲，若您容我僭称。
您是否怀着慷慨与坦诚，
赐我这位姑娘，您的千金？

里奥那托 是的，孩子，如上帝将她赐予我时一般。

克劳狄奥 那么这至珍至贵的厚礼
我该如何报答才能相抵？

唐·彼德罗 别无他法，除非物归原主。

克劳狄奥 好殿下，您指点了我感恩之道。
里奥那托，把她领回去吧。（持希罗之手递与里奥那托）
残橘败枳岂能馈赠于人？
她的尊荣只是虚有其表。
瞧，她像处女般羞红了脸。
啊！狡猾的罪恶，多善掩藏！
用真诚的面具巧作伪装。
那朵朵红云，自两靥悄生，
恰为她的纯洁无瑕做证。
任谁看见这些表面文章，
都会断言她是一个处女——大错特错！
淫乱的滋味，她早已在床笫间恣情领略。
那脸红不是娇羞，是罪孽！

里奥那托 伯爵，您说的是什么意思？

克劳狄奥 我决不结婚！我的灵魂
决不和这个声名狼藉的荡妇结合。

里奥那托 伯爵，若您为了有意考验，

1 培尼狄克引用了当时的一本拉丁语法课本中关于感叹词的内容来调剂气氛。——译者附注

曾利用过她的年幼无知，
夺去她的贞操——

克劳狄奥 我知道您下面要说：若我与她已尽床第之乐，
那不过是早行夫妻之礼，
算不得什么滔天的罪恶。
不，里奥那托，
我从未用浪语将她挑诱，
而是像兄长对他的妹妹，
只有羞涩而温柔的情味。

希罗 我对您难道不也像这样？

克劳狄奥 不知羞耻！确实像是这样！
我视你如明月中的女神[1]，
像未开的花蕾一般纯真。
可你骨子里却是个娼妓，
比起那维纳斯还要淫浪，[2]
比纵欲的禽兽还要无耻。

希罗 我的伯爵还安好吗，怎会出言如此不着边际？

里奥那托 好殿下，您为何一言不发？

唐·彼德罗 我能说什么？
为好友和一个娼妇撮合，
我的颜面早已荡然无存。

里奥那托 是我听错了，还是在做梦？

唐·约翰 大人没有听错，千真万确。

1 明月中的女神：指月神狄安娜（Dian 或 Diana），她是纯洁的象征。——译者附注

2 比起那维纳斯还要淫浪：爱神维纳斯（Venus）与战神玛尔斯（Mars）私通，被其丈夫锻冶之神武尔坎捉住。——译者附注

培尼狄克 这哪儿还像个婚礼。

希罗 “千真万确”？啊，上帝！

克劳狄奥 里奥那托，站在这儿的不是我吗？
这不是亲王？这不是亲王的兄弟？
这不是希罗的脸吗？这一切不都有目共睹吗？

里奥那托 这些都是真的，可是伯爵，这是怎么回事？

克劳狄奥 让我问您女儿一个问题，
请您以父亲天赋的权威，
命她如实回答，不得作伪。

里奥那托 （对希罗）我的孩子，我命你如实回答。

希罗 上帝保佑！我竟被这样苦苦相逼！
不知这是怎样一番拷问？

克劳狄奥 请你如实说出你的姓名。[1]

希罗 我难道不是希罗？没有人能用妄诞的指责，
把这个清白的名字玷污。

克劳狄奥 好，那就要问希罗了，
只有她本人可以把自己玷污。
昨夜三更，闺房窗前，你与何人窃窃私语？
现在，你若自认是个处女，
就请你回答这个问题。

希罗 我夜半不曾与人交谈，伯爵。

唐·彼德罗 哼，一个处女不会出此诳语。里奥那托，
恕我直言。凭我的名誉起誓，我自己——
我兄弟，和这悲哀的伯爵，
昨夜三更时分，目见耳闻

1 英国教会教义问答的第一个问题，就是“请如实说出你的姓名”。

她在闺房窗口与人谈心，
那流氓，着实有几分恶胆，
居然坦白，这下流的通奸，
他俩暗中已有过成百上千。

唐·约翰 呸！呸！殿下，不要再提起这些人和事。
无论谈吐多么文雅的人，
说起来也很难不用脏字。
美貌的姑娘，我为你惋惜，
如此不知自重，毁了自己。

克劳狄奥 啊，希罗！你外表的优美
如果分一半给你的内心，
你将是个多么好的希罗！
再见了，最下贱、最美好的人！
再见了，纯真的荡妇，不洁的千金！
我会为你封锁爱情的门户，
让猜疑的阴影在眼前笼罩，
将天下的美色都视作祸水，
永远也无法使我心荡神摇。

里奥那托 谁能赐我一刀，一了百了。（希罗晕倒）

贝特丽丝 啊，妹妹！你怎么倒下去了？

唐·约翰 来，我们走吧。一切昭然若揭，
她羞愤得晕倒了。唐·彼德罗、唐·约翰与克劳狄奥下

培尼狄克 这姑娘怎么啦？

贝特丽丝 死了，我想是。快来啊，叔叔！
希罗！喂，希罗！叔叔！培尼狄克先生！神父！

里奥那托 厄运啊！握紧你沉重的手。
死亡是她最好的遮羞布，

	正求之不得。
贝特丽丝	希罗妹妹，你怎么啦！
弗朗西斯神父	请安心吧，小姐。
里奥那托	你的眼睛又睁开了吗？
弗朗西斯神父	是啊，她为什么不该睁开呢？
里奥那托	为什么？啊！不是整个世界都在唾弃她的无耻吗？ 刻在她羞红脸上的丑事，她可以否认吗？ 往生去吧！希罗，不要睁开你的眼睛。 即使你不能快快地死去，而愿忍受羞耻，苟活于世， 我也会先把你无情痛斥，然后，亲手结束你的生命。 你以为，失去唯一的孩子， 我会因此而悲痛欲绝吗？ 我会埋怨造化的吝啬吗？ 啊，有你一个已经太多了！ 为何命运令我膝下有子？ 为何你又那样惹人疼爱？ 为何我不曾施仁慈之手—— 领一个乞丐的孩子回家？ 她若做出这败德的秽行， 我可以说："她本非我骨肉， 这身污血不知承自何人。" 可你是我亲生的孩子啊！ 我所钟爱的，我所赞美的， 我引以为傲的孩子。为你—— 我曾甘愿献出我的全部。 可你呀，唉！——她，她竟堕入了 这污浊不堪的深深泥潭。

倾尽汪洋之水，也洗不净她身上的肮脏。
用尽大海的盐，也除不掉她肉体的腐臭！

培尼狄克 老人家，您冷静一下。
这一切真让我莫名其妙，
不知道说些什么才好。

贝特丽丝 啊，我敢以灵魂起誓，我的妹妹是蒙受了冤屈！

培尼狄克 小姐，您昨晚可是与她同睡？

贝特丽丝 那倒没有。可直到昨晚之前，
我们已有一年同床共寝。

里奥那托 证实了，证实了！铁证如山，
啊，这下子更加无法推翻。
难道亲王兄弟会说谎吗？克劳狄奥会吗？
她的罪孽，他恨不能以泪水来洗刷。
他那样爱着她——别管她了，让她死！

弗朗西斯神父 请听我一言：
我刚才在一旁沉默不语，
听任命运之手掀起波澜，
却是在细察小姐的神色。
我最先看见一千朵红云，
在她的脸颊上连连浮现；
接着，又是冰雪般的苍白，
一千次驱走红云，显示出
含冤的羞愤，与贞洁的本色。
她的双眼蓄着熊熊烈火，
好像要将贵人们的污蔑
付之一炬，还回一片清白。
请尽管将我称作傻瓜吧，不要相信——

我饱经风霜的学识与眼力，也不要相信——
我这一把年纪，我的声名和神圣的职司，
倘若这昏倒的小姐不是蒙着莫大的冤屈。

里奥那托 神父，不会如此。
你看，她仅存的一点天良，
便是不予否认，以免自己
罪孽之上再加一重欺罔。
事实已经如此昭然若揭，
你又何必为她百般开脱？

弗朗西斯神父 小姐，他们说您与何人私通？

希罗 我一无所知，要问那些毁谤我的人。
如果我与哪个男子往还，
逾越了闺阁女儿的分寸，
就让我身受残酷的天谴。
父亲，您若能证实：在不适当的时辰，
我曾与哪个男子谈心；或者昨晚我与何人
交换片语只言，那就请您斥逐我，痛恨我，
用无情的刑罚将我处死！

弗朗西斯神父 王爷们一定有什么误会。

培尼狄克 他们中，两人是正人君子，
若他们的理智受到蒙蔽，
则必是私生子约翰捣鬼，
此人向来好施阴谋诡计。

里奥那托 我不知道。若他们所言属实，我会用这双手将她撕碎。
可要是凭空污人清白，不论他们身份如何尊贵，
我也一定要叫他们血债血偿。
岁月尚未干涸我的热血，

头脑也未因年迈而枯萎，
厄运没有夺去我的财富，
平生交游总还找得出几人。
若以为我年迈可欺，我就要叫他们看看：
我还有的是力量与智谋，
我还有的是家财和朋友，
足以报这切骨之仇！

弗朗西斯神父 且慢，
关于此事，请听听我的劝告。
王爷们离开时，以为小姐已死。
何妨让她暂时深居简出，
对外宣布她死去的消息。
须为她举行隆重的葬礼，
并在家族墓碑铭刻悼文，
一切与丧葬有关的仪式
都要齐备无遗。

里奥那托 此举是何用意？会有什么效果？

弗朗西斯神父 如果能将此事妥善料理，
可使旁人的毁谤转为哀怜，
这对小姐未尝不是件好事。
但我出此奇谋，还有更多用意。
当人们听说，她面对指责，
立死于当场，一定会惋惜，
怜悯，而原谅她生前罪恶。
对于享有之物，世人往往
不知珍重。而一旦失去，
却会格外夸大它的好处，

发现从前未察觉的光彩，
克劳狄奥也必不能例外。
只因他几句无情的冷语，
希罗便为此付出了生命，
当他听说，不会无动于衷。
她生时的倩影浮现脑海，
一颦一笑都会别具风姿，
在他心目中，仿佛比生前
还要楚楚动人，熠熠生辉。
那么他一定会悲痛——
如果他铭心刻骨地爱过——
即便他对此事确信无疑，
也会后悔当初那番斥责。
就这样办吧，不必怀疑，
结果一定好过我的预期。
退一步，即使希望落了空，
那至少，小姐死去的消息
可以熄灭满城流言蜚语。
您不妨安排她幽居不出，
过遁世修行的虔诚生活，
远离扰攘的耳目与口舌，
隔绝人间的机心与风波。
对于蒙受着污名的小姐，
这办法可谓再合适不过。

培尼狄克 里奥那托先生，听神父的话吧！
您知道，亲王与克劳狄奥
与我交情颇深。可对此事

我将秉持公正，严守秘密，
就像躯壳紧紧裹住灵魂。
我以我的名誉起誓。

里奥那托 悲伤已经使我六神无主，
一根细线就能把我牵走。

弗朗西斯神父 您已同意，我们立刻行动，
非常之法，医治非常之疾。
小姐，请忍耐，向死里求生，
今日婚礼，或许只是延期。

除培尼狄克与贝特丽丝外众人下

培尼狄克 贝特丽丝小姐，您一直在哭吗？

贝特丽丝 嗯，我还要再哭一会儿呢。

培尼狄克 我不愿看到您这么伤心。

贝特丽丝 我哭我的，跟您有什么关系？

培尼狄克 真的，我深信令妹是冤枉的。

贝特丽丝 唉，要是有位朋友能为她申冤雪耻，我会多么感激他！

培尼狄克 有什么方法可以表示这份友谊吗？

贝特丽丝 方法非常简单，可惜没有这样的朋友。

培尼狄克 这件事一个男人做得了吗？

贝特丽丝 这是男子汉才能做的事，可没您的事。

培尼狄克 我爱您，胜过了这人世间的一切。这是不是很奇怪？

贝特丽丝 就像我说不清的事情一样奇怪，奇怪得好比我会说："我爱您胜过一切。"可是不要相信我，不过我也没说谎。我什么也没承认，什么也没否认。——我正为我的妹妹伤心。

培尼狄克 凭我的宝剑起誓，贝特丽丝，你是爱我的。

贝特丽丝 你可不要拿着它起了誓，再把起的誓吃下去。

培尼狄克 你爱我，我以这柄剑起誓。谁说我不爱你，我就叫他吃我的剑。

贝特丽丝 您不会食言吗？

培尼狄克 蘸上最美味的酱汁，我也不会把我的话吃掉。我发誓，我爱你！

贝特丽丝 那么，请上帝宽恕我吧！

培尼狄克 亲爱的贝特丽丝，你犯了什么罪过？

贝特丽丝 您打断了我的话，恰逢其时。我正要说：我发誓我爱着您。

培尼狄克 那么，用你的整颗心把它说出来吧！

贝特丽丝 我的整颗心都在爱着您，已经没有余力把它诉说。

培尼狄克 来，你要我做任何事情，我都听你的差遣。

贝特丽丝 杀死克劳狄奥。

培尼狄克 啊，这我无论如何也办不到。

贝特丽丝 您的拒绝杀死了我。再见。

培尼狄克 等一等，亲爱的贝特丽丝。

贝特丽丝 我人在这里，心却已经远去。您只有一腔虚情假意。唉，请您放我走吧。

培尼狄克 贝特丽丝——

贝特丽丝 真的，我要走了。

培尼狄克 咱们先和好吧。

贝特丽丝 以您的胆量，只敢跟我和好，根本不敢和我的仇敌决斗。

培尼狄克 克劳狄奥是你的仇敌吗？

贝特丽丝 他难道还没有证明，自己是个多么阴险的恶棍吗？对我的亲人，他这样污蔑，羞辱，使她身败名裂。啊，我要是个男人多好！哼，先把她哄到手里，一直等到就要手牵着手，举行婚礼的时候，才突然当着众人的面，恶毒地造谣，无情地毁谤。——噢，上帝，我要是个男人多好！我要在市场里，啃食他的心脏！

培尼狄克 听我说，贝特丽丝——

贝特丽丝 跟一个男人在窗口说话！编得像模像样的！

培尼狄克 可是，贝特丽丝——

贝特丽丝 我亲爱的希罗！她被污蔑了，她被冤枉了，她的一生都被毁掉了！

培尼狄克 贝特——

贝特丽丝 什么亲王！什么伯爵！好一个尊贵的亲王，言之凿凿！好一个风流伯爵，痴情种子！啊，为了他的缘故，我但愿自己是个男人！或者，我但愿有个朋友能为了我的缘故，敢做一个真正的男子汉。可是，人们的男子汉气概，早已在一遍遍打躬作揖里消磨殆尽；英勇无畏的精神，都软成了一摊奴颜媚骨。男人们都只剩下一条舌头，吹牛拍马，舌灿莲花。谁只要善说谎，敢赌咒，谁就是大英雄，就是当今的赫剌克勒斯。我做男人的愿望，注定落空；那么只好做个女人，郁郁而终。

培尼狄克 等一等，好贝特丽丝。我举手为誓，我爱你。

贝特丽丝 您要是真的爱我，就少去赌咒发誓，把您的这双手用到别的地方去吧。

培尼狄克 你真的从内心深处认定克劳狄奥伯爵冤枉了希罗吗？

贝特丽丝 是的，就像我有一颗心一样确凿无疑。

培尼狄克 够了，一言为定！我要向他提出决斗。在我离去之前，请让我吻一吻你的手。我以此手为誓，克劳狄奥必须给我一个像样的交代。当你听到了我的消息，就会知道我对你的心意。去吧，去安慰你的妹妹吧，我一定对外宣称她已经死了。那么，再见了。 分头下

第二场 / 第十二景

警官道博雷和胡杰士、波拉契奥与充任市书记的教堂司事各穿制服或袍服带康拉德及众巡丁上

道博雷 咱们所有人都虚位以待[1]了吗？

胡杰士 喂，去拿一把凳子垫上坐垫儿给司事坐。

教堂司事 作案者是谁？

道博雷 嘿，就是我和我的老伙计呀。

胡杰士 没错，这案子是我们作的，自然由我们受审。[2]

教堂司事 可是，谁是咱们要审的犯人呢？把他们带到警官大人的面前来。

道博雷 对，我说，把他们带到我面前来。朋友，你叫什么名字？（波拉契奥和康拉德被押上前）

波拉契奥 波拉契奥。

道博雷 请写下“波拉契奥”。——你呢，小伙子？

康拉德 我是一位绅士，长官，我的名字叫康拉德。

道博雷 写下“绅士老爷康拉德”。老爷们，你们信奉上帝吗？两位老爷，我们已经查明，你们比奸诈的坏蛋好不到哪里去，而且这恶名马上就要坐实了。你们有什么要为自己申辩的吗？

康拉德 长官，我们要说，我们不是坏人。

道博雷 好家伙，多么机智的狡辩！可我总有办法对付他。（对波

1 虚位以待：道博雷指“各就其位，等待开始”。

2 胡杰士将“作案”理解为“办案”，“受审”理解为“受理审讯”。

拉契奥）你过来，小伙子，我有句话要悄悄在你耳边说：先生，我跟你说，有人说你们是奸诈的坏蛋。

波拉契奥 长官，我跟你说，我们不是坏人。

道博雷 好，站到一边儿。上帝在上，他俩真是一个模子刻出来的。您有没有写下来：他们不是坏人？

教堂司事 警官大人，审案不是这么个审法。您得把指控他们的巡丁传来问话。

道博雷 对，我说，这真是个莫名其妙[1]的巧办法。传巡丁上来。弟兄们，我以王爷的名义，命令你们指控这两个人。

巡丁甲 长官，这个人说，王爷的弟弟唐・约翰是个坏人。

道博雷 写下来“约翰王爷是坏人”。好哇，这可是明目张胆的伪证罪，竟然说王爷的弟弟是坏人。

波拉契奥 警官大人——

道博雷 你这家伙，快给我闭嘴。告诉你吧，看见你这副长相我就讨厌。

教堂司事 你们还听到他说了些什么？

巡丁乙 呃，他说他帮唐・约翰诬陷了希罗小姐，收了他一千块钱。

道博雷 又是一桩赤裸裸的盗窃罪！

胡杰士 对，苍天有眼，一点儿没错。

教堂司事 还说了什么？

巡丁甲 还说克劳狄奥伯爵听信了他的话，打算当众羞辱希罗，不跟她结婚。

道博雷 啊，该死的东西！干下这种坏事，你就等着被千锤百炼[2]吧！

1 莫名其妙：道博雷指“绝妙”。

2 千锤百炼：道博雷指“千刀万剐”。

教堂司事 还说了什么？

众巡丁 没什么了。

教堂司事 两位先生，这些你们已经无法再抵赖了。约翰亲王今天早上已经悄无声息地逃走了。希罗正如所说的那样被当众指责，又正如所说的那样被退了婚，她悲愤交加，突然死在了当场。警官大人，请把这两个人绑起来，押到里奥那托府上去。我要先走一步，把这次审讯的情况报告给他。 下

道博雷 来，咱们一起把他们俩绳之以法[1]。

胡杰士 乖乖束手就义[2]——

康拉德 滚开，蠢货！

道博雷 上帝救命！司事跑哪儿去了？让他写下"亲王的手下是蠢货"。来，把他们俩绑起来。——你这不要脸的混蛋！

康拉德 滚开！你这头蠢驴，你这头蠢驴！

道博雷 你莫非不轻视[3]我的地位吗？你莫非不轻视我这一把年纪吗？啊，我真希望司事还在这儿，写下我是头蠢驴！可是弟兄们，记住我是头蠢驴，这话虽然没有写下来，可是别忘了我是头蠢驴。不，你这个坏蛋，胆大心细[4]的家伙，大伙儿都来给我做个见证。告诉你吧，我是个聪明人；更了不起的是，我是个官儿；更了不起的是，我家里有老婆孩子；更了不起的是，我这一身皮肉，全墨西拿也没几个漂亮小伙儿比得上；我还懂法律，奶奶的；

1 绳之以法：道博雷指"用绳子绑住"。
2 束手就义：胡杰士指"束手就擒"。
3 莫非不轻视：这里的否定词将道博雷自己绕糊涂了，结果表达了相反的意思。
4 胆大心细：道博雷指"胆大心黑"。

我还是个有钱人，奶奶的；我曾经富得整天丢东西；我还有两件长袍，这一身行头，走到哪里去都体体面面的。快把他带走！啊，真希望他给我写下来了：我是头蠢驴！

众人下

第五幕

第一场 / 第十三景

里奥那托与其弟安东尼奥上

安东尼奥 您不要再这样颓唐下去，
做“忧愁”的帮凶摧残自己，
这未免太不明智。

里奥那托 请省省你的金玉良言吧，
它们在我耳中徒劳无益，
如同水落进筛子。别劝我，
也别让什么人来安慰我，
除非他身受同样的折磨。
给我找一个溺爱的父亲，
他娇宠女儿的快乐，也如我般碎如齑粉，
叫他来劝我定气平心。
量一量我们两人的“悲伤”，
分毫必较，到每一寸肝肠，
从内至外，由状貌到枝节，
必须两两相当，毫厘不爽。
若有此人，还能拈须微笑，
轻咳两声便可驱走哀愁，
几句格言就能浇灭烦恼，
如哲人秉烛夜游，将噩运讥笑，
带他来见我，我要向他学习忍耐之道。

可是兄弟，世间没有这样的人。
当人没有经受某种痛苦，
往往能够从旁好言安抚，
可一旦亲尝这滋味，冷静就变为疯狂。
从前用哲言开出的药方，
妄图以游丝束缚住怒火，
此时看来不过空话一场。
不，悲痛压得人辗转呻吟，
出言劝慰本是人之常情，
可谁也没有这样的本领，
能忍受如此切肤的伤痛。
所以，请不要再来劝告了，
它盖不过我悲哀的呼号。

安东尼奥 这么说，大人跟孩子没有区别了。

里奥那托 请别再说了，我只是血肉之躯。
那些哲人挥舞如椽之笔，
对人世的苦难轻蔑、讥讽，
恍若神明。可一旦牙疼起来，
还不是疼得要顿足捶胸。

安东尼奥 可是您也不必独自承受，
要让伤人者也吃点苦头。

里奥那托 你说得有道理。好，就这么办。
我的心告诉我，希罗受了冤枉。
我要叫克劳狄奥知道，也要叫亲王
和所有破坏她名誉的人把眼睛擦亮。

亲王唐•彼德罗与克劳狄奥上

安东尼奥 亲王和克劳狄奥急匆匆地来了。

唐·彼德罗 你们好，你们好。

克劳狄奥 二位好。

里奥那托 听我说，两位贵人——

唐·彼德罗 里奥那托，我们现在有点事要忙。

里奥那托 有点事要忙，我的殿下！好，那再见吧，我的殿下。
您现在忙着呢吧？好极了，没事儿了。

唐·彼德罗 唉，老人家，别跟我们吵架。

安东尼奥 要是吵架能洗刷他的冤屈，
今天某人就别想全身而退。

克劳狄奥 谁冤枉他了？

里奥那托 哼，就是你冤枉了我，你这个伪君子，就是你。
（克劳狄奥准备拔剑）
嗬，用不着把手按在剑上，
我可不怕你。

克劳狄奥 噢，是我的手不好。
让您老人家受到了惊吓，
其实它并无拔剑的想法。

里奥那托 呸，小子，少在那阴阳怪气。
我不是老糊涂，倚老卖老，
吹嘘年轻时的光荣过往，
若年轻几岁，又怎样怎样。
克劳狄奥，你给我听好了，
你冤枉了我清白的女儿，害我余生凄凉，
我也顾不得什么年高德劭，
拼上这满头的白发，和这身
饱经风霜的老骨头，我向你挑战。
你的无耻谰言，使我女儿蒙冤，

无情冷语，将她的心刺穿，
如今她与祖先在地下长眠——
啊，这方祖墓里从未埋葬过耻辱，
除了她的污名，受赐于你的歹毒！

克劳狄奥 我的歹毒？

里奥那托 没错，克劳狄奥，我说，受赐于你的歹毒。

唐·彼德罗 老人家，您这样说就不对了。

里奥那托 殿下，殿下，
虽然他的剑术精湛纯熟，
虽然他正当着年轻力壮，
我要和他决斗中见分晓——只要他有这个胆量。

克劳狄奥 走开！我不跟你一般见识。

里奥那托 你想就这样把我推开？你已经杀了我的孩子，
你要是把我也杀死了，小子，才算你有血性。

安东尼奥 把咱俩都杀死，才算有种。
不用着急，让他先杀死我，
用我的血来祭他的宝剑。
小子，跟我来，小少爷，出招。
我要把你杀得丢盔弃甲，
我是个绅士，我说到做到。

里奥那托 兄弟——

安东尼奥 别担心。上帝知道，我爱我的侄女。
她死了，死于这些恶人的诬陷。
可是和一个男子汉决斗，
却简直叫他们吓破了胆。
娘娘腔，二流子，乳臭未干。

里奥那托 安东尼，老弟——

安东尼奥 放心吧。来呀，男子汉！嘿，我最清楚
他们几斤几两。这帮纨绔子弟，
飞扬跋扈，寻衅滋事，厚颜无耻，
整日飞短流长，最会兴风作浪，
标新立异，却更显得丑态百出，
满嘴狠话，动辄扬言要叫敌人
尝尝厉害——假如他们鼓得起胆量。
他们也就是这点本事。

里奥那托 可是，安东尼，老弟——

安东尼奥 好了，没事。
您不用管，我来料理此事。

唐·彼德罗 两位先生，我们无意冒犯，
对令爱之死，我深感遗憾。
可我以名誉起誓，其罪状
证据确凿，我们绝无妄言。

里奥那托 殿下，殿下——

唐·彼德罗 不必再说了。

培尼狄克上

里奥那托 不必再说？好，兄弟，我们走！总会有人听我说的。

安东尼奥 你早晚要听的，不然咱们就走着瞧，看谁笑到最后。

里奥那托与安东尼奥下

唐·彼德罗 看，我们正要找他，他就来了。

克劳狄奥 嘿，先生，别来无恙？

培尼狄克 您好，殿下。

唐·彼德罗 欢迎，先生。你刚好晚来一步，差点儿就能赶上给我们劝架。

克劳狄奥 我们俩的两只鼻子差点儿给两个没牙的老头儿咬掉。

唐·彼德罗 说的是里奥那托和他的弟弟。你怎么看？要是我们真动起手来，恐怕在这二位老前辈面前还太“嫩”了点儿吧。[1]

培尼狄克 一场无谓的争端，没有勇武可言。我是来找二位的。

克劳狄奥 我们正到处找你呢，心里烦闷得要命，想找些乐子排遣排遣。你给我们讲个笑话吧？

培尼狄克 笑话在我的剑鞘里，要不要我把它拔出来？

唐·彼德罗 你平时都把笑话系在腰上吗？

克劳狄奥 只听过人家抖出一包袱笑料，还没听说谁把笑话藏在剑鞘里的。你快把它拔出来吧，就像吟游诗人从琴囊里拔出乐器，给我们来一曲乐和乐和。

唐·彼德罗 说实在的，他看着脸色苍白。你是病了吗？还是生气了？

克劳狄奥 嘿，老兄，振作点儿！虽说“忧愁杀死猫”，可你这一身男子汉气概足够杀死“忧愁”了。

培尼狄克 先生，您要是想跟我斗嘴皮子，我奉陪到底。我请您还是换个把式比划吧。

克劳狄奥 哈哈，那我就再换一招——刚才那一剑他已经接不住了。

唐·彼德罗 天哪，他的脸色越来越不对劲了，我看他是真的生气了。

克劳狄奥 他要是被我惹怒了，就把家伙亮出来吧。

培尼狄克 我可以在您耳边说句话吗？

克劳狄奥 上帝保佑，可别是找我决斗。

培尼狄克 （*旁白。对克劳狄奥*）您是一个恶棍。我没开玩笑。我要和您决斗，任凭您用什么方式，选什么武器，挑什么时间，只要您敢，我就奉陪。给我个交代，不然我就公开宣布您是一个懦夫。您已经杀死了一位好姑娘，您要为她的

1 此处唐·彼德罗讥讽里奥那托和安东尼奥年迈。

死付出惨重的代价。请尽快给我个答复。

克劳狄奥 好，我一定奉陪，也好找个乐子解解闷儿。

唐·彼德罗 怎么，喝酒？你们是要去喝酒吗？

克劳狄奥 没错，感谢他。他要请我吃个小牛犊子的脑袋，还有一只阉鸡。我要是不给它切得漂漂亮亮的，就算我这把刀子不中用。我能再多吃一只呆鸟吗？

培尼狄克 先生，您的口才真不错，满嘴的俏皮话挥洒自如。

唐·彼德罗 我给你讲讲，那天贝特丽丝是怎么夸你的口才的吧。我夸你才思敏捷，她说："对，有那么一点儿小聪明。"我说："不，是大才华。"她说："没错，大而无当。"我说："不，是不偏不易的智慧。"她说："所以说的话不痛不痒。"我说："哪里，他是一位聪明的先生。"她说："一位自作聪明的先生"。我说："不，他通好几门语言。"她说："这我相信，他礼拜一晚上答应好的事，礼拜二早上就不认账了，一件事儿两套词儿，他会说两门语言呢。"她就这样足足说了一个钟头，把你身上种种独有的优点都说走了样。可是说到最后，她却长叹一声，说你是意大利最英俊的男人。

克劳狄奥 为这个，她伤心得哭了起来，说她才不在乎。

唐·彼德罗 对，确实如此。别看她嘴上这么说，她要不是把他恨得入骨，也不会对他爱得痴心。那老头的女儿全都告诉我们了。

克劳狄奥 全都说了，全都说了，而且，"他藏在花园里，上帝看见了他"。[1]

1 "他藏在花园里，上帝看见了他"：亚当偷吃禁果后，躲藏在伊甸园的林木中，避免被上帝看见。克劳狄奥以此指培尼狄克躲在棚架里偷听之事。

唐·彼德罗 可是咱们什么时候把野牛的犄角，插在理智的培尼狄克脑袋上呢？

克劳狄奥 对了，还要在他脖子上挂一副招牌，大字写着："这里是已婚男人培尼狄克"。

培尼狄克 再见，小子，你都已经听明白了。现在你只管在那儿絮絮叨叨吧，我不奉陪了。上帝在上，你那蹩脚的唇枪舌剑可没法替你决斗杀人。殿下，承蒙您的器重，我一直心怀感激，恕我不能再追随左右。您那位私生子兄弟已经从墨西拿逃走了。你们几位合伙害死了一位清清白白的好姑娘。至于咱们那位白面郎君，我和他之间终有一战。在那之前，我祝他一切平安。 下

唐·彼德罗 他这是认真的。

克劳狄奥 认真得无以复加，我敢说，这完全是因为他对贝特丽丝的爱。

唐·彼德罗 他提出要跟你决斗。

克劳狄奥 提得诚心诚意。

唐·彼德罗 人真是有趣的动物——看起来衣冠楚楚，有时候却毫无理智！

警官道博雷、胡杰士及巡丁押康拉德、波拉契奥上

克劳狄奥 跟猴子站在一起，他就像个巨人。可比起智慧来，猴子在他面前都成了博士。

唐·彼德罗 等等，不对，让我想一想。我的心，快严肃起来，凝神静思——他是不是说我的兄弟逃走了？

道博雷 你过来，先生。要是连正义女神都治不了你，她的正义天平就再也不用称什么水果啦。不，假如你真是一个该死的伪君子，我们就必须好好看待看待你。

唐·彼德罗 这是怎么回事？我兄弟的两个手下被抓起来了？其中一

个是波拉契奥！

克劳狄奥 殿下何不问问他们犯了什么罪。

唐·彼德罗 警官们，这两个人犯了什么罪？

道博雷 禀告王爷，他们捏造谣言；另外，他们说假话害人；第二点，他们诽谤中伤；第六点也是最后一点，他们诬陷了一位小姐；再说第三点，他们给坏事做了伪证。总而言之，他们是撒谎的混蛋。

唐·彼德罗 第一点，我问你，他们干了什么事？第三点，我问你，他们犯了什么罪？第六点也是最后一点，他们为什么被抓起来？总而言之，你控告他们什么罪状？

克劳狄奥 问得漂亮，用的正是他的路数。嘿，一个意思乔装改扮，变出了几套说法。

唐·彼德罗 二位，你们得罪了谁，被他们抓来审讯？这位饱学的警官说话太过深奥，令人难以索解。你们究竟犯了什么罪？

波拉契奥 王爷在上，待我和盘托出之后，请给我个痛快，就让这位伯爵杀了我吧。我的诡计本来已经骗过了您的慧眼。没想到连您的英明都无法洞察的事情，却被这帮没脑子的蠢货给揭露了出来。他们半夜里听见我向这个人诉说：您的兄弟唐·约翰怎样唆使我去造谣诋毁希罗小姐；你们怎样被引到花园里，看到我与扮作希罗模样的玛格丽特调情；在婚礼上你们又是怎样把希罗羞辱。我的罪行已经被记录在案，我现在只求一死了之，再也没脸反复述说这件丑事。这位小姐已经被我和我的主人诬陷而死，现在我无话可说，只求快点给我坏人应得的恶报。

唐·彼德罗 （对克劳狄奥）这番话是不是像一柄利刃，刺穿了你的内心？

克劳狄奥　在他述说之时，我好像吞咽着致命的毒药。

唐·彼德罗　（对波拉契奥）可是，这件事真的是我兄弟指使你做的吗？

波拉契奥　是的，他还为此赏了我一大笔钱。

唐·彼德罗　他全身流淌着奸邪之血，
如今潜逃必是为此罪孽。

克劳狄奥　亲爱的希罗！我的脑海中
又浮现出你纯洁的面容。

道博雷　来，把这两位原告[1]带走。这会儿咱们的教堂司事应该已经把这件事控诉[2]给了里奥那托老爷。弟兄们，等有了合适的时机，别忘了帮我做个证：我是一头蠢驴。

胡杰士　来啦，里奥那托老爷来啦，还有教堂司事也来啦。

里奥那托与安东尼奥及教堂司事上

里奥那托　那奸贼呢？让我看个清楚，
日后我见到类似的长相，
都要避而远之。他是哪个？

波拉契奥　要是您想知道害您的是谁，看看我吧。

里奥那托　就是你这奴才，摇唇鼓舌
害死了我清白的女儿？

波拉契奥　是的，都是我一个人干的。

里奥那托　不，奸贼，别多给自己抹黑，
这里还站着一对正人君子，
另一位罪魁，已远走高飞。
我为女儿的死，感谢二位显贵。

1　原告：道博雷指“被告”。
2　控诉：道博雷指“告诉”。

你们的丰功伟绩，当青史留名，
细想来，这件事做得多么英雄。

克劳狄奥 我不知怎样祈求您宽恕，
但我不能沉默。请您给我
任何惩罚，只要能消您的
心头之恨，能赎我的重罪。
虽然我没犯罪——只是出于误会。

唐·彼德罗 我以灵魂起誓，我也并无罪责。
可为了老人家心里好过，
我也甘愿向他俯首认错，
听任发落。

里奥那托 我不能令你们将我女儿复活——
那不可能——可我想请二位
向全墨西拿的人们昭告：
她生前清白，却死得冤屈。
您若情动于中，发为哀歌，
就请写下挂在她的墓前，
今晚向着她的尸骨吟唱。
明天早上，请再到我家来。
您既然无缘做我的女婿，
我尚有一侄女可以相许，
她和我的亡女相貌肖似，
已是我兄弟俩唯一后嗣。[1]
您对她姐姐的亏欠，在她身上弥补，
我的仇恨自会烟消云散。

1 第一幕第二场中提到安东尼奥有一个儿子，前后矛盾。——译者附注

克劳狄奥 啊，可敬的老人家，
您的恩德令我感激涕零！
我不揣鄙陋，愿衷心相从。
克劳狄奥今后谨依尊命。

里奥那托 明天早晨，我等候您光临，
今晚我告辞了。这个恶棍
带去和玛格丽特当面对证，
我相信她也是同谋帮凶，
被您的兄弟买通。

波拉契奥 不，与她无关，我以灵魂起誓！
她与我谈情之时，
对阴谋浑然不知。
她一向本分老实。

道博雷 还有一件事儿，老爷，还没有白纸黑字记下来，这个原告[1]，这个作案者，他叫我蠢驴。请您给他定罪的时候别忘了这一点。还有，巡丁们听到他们说起一个丑八怪，头上打了个相思结，耳边缀着钥匙链儿，用上帝的名义到处借钱，借了钱从来也不还，搞得人人都成了铁石心肠，再也不看在上帝的情面上借给别人半个子儿了。请您就这件事儿把他好好审一审。

里奥那托 感谢你这样细心，真是有劳你了。

道博雷 瞧老爷您说的，真像个懂事儿又体面的小伙子，我为您赞美上帝！

里奥那托 这是你的辛苦钱。（给赏钱）

道博雷 菩萨保佑，好人一生平安！

1 原告：道博雷误用来指“被告”。

里奥那托 你走吧，犯人交给我来处置，谢谢你。

道博雷 我把一个恶贯满盈的混蛋留给老爷了，请您亲手整治他，给别人做个榜样。上帝保佑老爷！祝老爷平安无事。上帝保佑您安然无恙！我要恭送您告辞[1]啦，上帝保佑咱们总能缘悭一面[2]。走吧，老伙计。

里奥那托 殿下，伯爵，我们明天早上见。 道博雷与胡杰士下

安东尼奥 再见，我们明天恭候二位。

唐·彼德罗 我们一定如约而至。

克劳狄奥 今晚我要去哀吊希罗。

里奥那托 （对巡丁）把这两个家伙带走——我们要问问玛格丽特，怎会如此交游不慎。 分头下

第二场 / 第十四景

培尼狄克与玛格丽特上，两人相遇

培尼狄克 拜托你了，好玛格丽特小姐，请贝特丽丝出来跟我说几句话，我会好好酬谢你的。

玛格丽特 那到时候您能不能给我写一首十四行诗，歌颂我的美貌？

培尼狄克 玛格丽特，我要用最高雅的诗句歌颂你的美貌，没有一

1 恭送您告辞：道博雷指“恭敬地向您告辞”。

2 缘悭一面：道博雷指“有缘见面”。

个男人高攀得上，因为，说句肺腑之言，你当之无愧。

玛格丽特 没有男人攀得上我？那我就要永远独守空床喽？

培尼狄克 你的才思像猎狗一样敏捷，一口就把人咬住了。

玛格丽特 而您的才智就像小孩子玩的钝头剑，落在人身上不痛不痒。

培尼狄克 这是男子汉的风度，玛格丽特，它对女人手下留情。好了，求你去叫贝特丽丝吧，我缴械投降，把我的小圆盾拿去。

玛格丽特 小圆盾[1]我们自己有，把你的家伙交出来。

培尼狄克 这是我闯江湖的家伙，玛格丽特，一般的小圆盾可招架不住，对于姑娘家，这玩意儿太危险啦。

玛格丽特 好了，我去叫贝特丽丝过来见您，那两条腿可长在她身上。

玛格丽特下

培尼狄克 所以该来的总会来的。[2]

（唱）

司爱的神官，
高坐在云端，
看看我，看看我
多么地可怜—

我是指，我唱歌糟糕得可怜。不过说起爱情，那位游泳好手勒安得耳[3]，那位第一个找人拉皮条的特洛伊罗斯[4]，还

1　小圆盾（bucklers）：此处暗指女性阴道。

2　所以该来的总会来的：此处的“来”（come）有可能是一个暗指性高潮的双关语。

3　游泳好手勒安得耳：勒安得耳每晚游泳横渡达达尼尔海峡，去和爱人赫洛相会，终有一次在途中溺毙。

4　第一个找人拉皮条的特洛伊罗斯：特洛伊罗斯（Troilus）经潘达洛斯（Pandarus）牵线和克瑞西达（Cressida）幽会，最终克瑞西达还是离开了他。

有风月小说里满纸的情痴情种，他们的名字至今都被骚人墨客们津津乐道，可是，他们谁也没有像我这样可怜，被爱情支使得魂不守舍。唉，可惜我不会用诗句来倾诉衷情，我搜肠刮肚，发现能跟“好姑娘”押韵的，就只有“小儿郎”——多幼稚的一个韵；可以跟“嘲笑”押韵的，就只有“绿帽”——一个叫人难堪的韵；而可以跟“读书”押韵的，就只有“蠢猪”——真是胡诌八扯的韵。这些韵脚没一个讨喜的。不，我出生的时候没有文曲星高照，还是别指望用什么缠绵动听的词句来求爱了。

贝特丽丝上

亲爱的贝特丽丝，我一叫你你就来了吗？

贝特丽丝 是的，先生，而且您一叫我走我就走。

培尼狄克 啊，等我说完你再走嘛！

贝特丽丝 您已经说出了“完”，那就该道别了。不过在我走之前，我想先知道您和克劳狄奥之间怎么样了？——我就是为这个才过来的。

培尼狄克 我已经把他骂了一顿，那么就让我吻你一下吧。

贝特丽丝 骂人就有污言秽语，污言秽语就是嘴巴不干净，嘴巴不干净就会臭气熏人。所以别吻我，还是让我走吧。

培尼狄克 你这样穿凿附会一通，词的意思都走了样，好一副伶牙俐齿。可我必须明白告诉你，我已经向克劳狄奥提出了决斗，他如果不快点给我一个答复，我就要公开宣布他是一个懦夫。现在我想请你告诉我，你当初究竟是看中了我哪点坏毛病，才爱上我的呢？

贝特丽丝 看中了您全身的坏毛病，它们坏得浑然一体、沆瀣一气，使得一丝一毫的优点都没有容身之地。可您当初究竟是看中了我哪点好处，才对我这样痴情呢？

培尼狄克 “痴情”！这个词用得好！这份情真是又痴又傻，因为我爱你违背了我的本心。

贝特丽丝 您在和您的“心”作对。唉，可怜的“心”！如果您为了我的缘故跟它闹别扭，那么我也要为了您的缘故与它为敌——因为我朋友所厌恶的东西，我永远也不会喜爱。

培尼狄克 咱们两个都太聪明啦，就没法安安静静地说几句情话。

贝特丽丝 说出这种话可看不出聪明来。二十个聪明人里也没有一个会这样自吹自擂。

培尼狄克 那是很久很久以前的情形了，贝特丽丝，那还是天下一家，邻人们相亲相爱的时代。可如今这年头，一个人要是不趁着自己还没死，提前把墓志铭刻好，那么等到丧钟敲过几下，寡妇哭过几声，他马上就会被世界遗忘。

贝特丽丝 那么您认为，一个人死后要经过多久才被遗忘呢？

培尼狄克 问得好，唉，丧钟不过吵吵嚷嚷一个小时，寡妇也就是哼哼唧唧一刻钟的事。所以对一个聪明人来说，只要他的良心不像“蛆虫”一样出来作祟，把自己的优点大肆鼓吹一番，像我这样，实在是无可厚非的权宜之计。说了不少夸赞自己的话，可我能为自己做证，这个人确实是值得夸赞的。现在请告诉我，你的妹妹怎么样了？

贝特丽丝 她很憔悴。

培尼狄克 那么你自己呢？

贝特丽丝 我也很憔悴。

欧苏拉上

培尼狄克 敬上帝，爱我，你会好起来的。我该走了，有人正匆匆忙忙地过来了。

欧苏拉 小姐，快到您叔父那里去吧——那边正闹得不可开交。一切都已经证实了，希罗小姐是受人诬陷，亲王和克劳狄奥被狠狠地算计了，而唐·约翰就是罪魁祸首，现在已经逃走了。您立刻就过来吧？

贝特丽丝　　先生，您也愿意去了解一下情况吗？

培尼狄克　　我愿意住在你的心房里，死在你的怀抱里，葬在你的眼波里。而且，我也愿意陪你到你叔叔那儿去。　众人下

第三场　/　第十五景

克劳狄奥、亲王唐•彼德罗及三四位贵族执火把上，鲍尔萨泽及众乐师紧随其后

克劳狄奥　　这里是里奥那托家族的陵墓吗？

贵族　　正是，爵爷。

克劳狄奥　　（诵读挽诗）

众口悠悠能砺骨，
而今默对意难平。
冰魂玉魄归新垄，
霁月光风想旧容。
蕙质岂蒙尘与垢，
芳名不泯死犹生。
唯将尺素悬青冢，
略慰平生一段情。
现在请奏乐，唱起你们深沉的哀歌。

鲍尔萨泽　　（唱歌）

请宽恕吧，夜之女神[1]，

1　夜之女神：即月神狄安娜。

杀害您信徒的罪人，
绕墓徐行，低回彷徨，
他们在悲哀地吟唱。
无边暗夜，增我凄清，
助我们叹息与哀吟，
多么深沉，多么深沉。
坟墓洞开，吐出幽魂，
在我们哀悼的时辰，
多么深沉，多么深沉。

克劳狄奥 安息吧，你沉埋的尸骨！
每一年，我来为你扫墓。

唐·彼德罗 早安，诸位朋友，请将火把熄灭。
群狼已经归穴。看，幽微的曙色
早在日神之轮还未君临时刻
已将昏沉的东方点染得斑驳。
有劳诸位，请回去吧。再会。

克劳狄奥 再会了，朋友们，各自保重。

唐·彼德罗 来，我们也走吧，换回衣冠，
就到里奥那托府上拜访。

克劳狄奥 但愿月老能够赐我良缘，
别再如这回，令我们悲伤。 同下

第四场 / 第十六景

里奥那托、培尼狄克、贝特丽丝、玛格丽特、欧苏拉、安东尼奥、神父弗朗西斯与希罗上

弗朗西斯神父 我不是早已断言她的清白？

里奥那托 亲王与克劳狄奥误信人言，
冤枉希罗，其情尚有可恕。
而玛格丽特在其中难脱罪责，
虽然细察此事的来龙去脉，
她所作所为实属无心之过。

安东尼奥 好，我真高兴，一切圆满收场。

培尼狄克 我也高兴，否则根据誓言，
必与克劳狄奥做一了断。

里奥那托 好了，女儿，还有几位姑娘，
请你们暂且退回到闺房。
待我呼唤，就戴面具出来，
亲王与克劳狄奥已约定
此时到访。贤弟，请你记牢，
你必须当你侄女的父亲，
把她许配给年轻的克劳狄奥。 众女下

安东尼奥 我定会扮演得惟妙惟肖。

培尼狄克 神父，我有一事劳您相助。

弗朗西斯神父 您要我做什么，先生？

培尼狄克 要么成全我，要么毁了我。
里奥那托先生，实不相瞒，

令侄女对在下青眼有加。

里奥那托 没错，这只青眼是拜小女所赐。

培尼狄克 而我报之以深情的目光。

里奥那托 这束目光是由亲王、克劳狄奥
和我亲手点亮。不知您有何见教？

培尼狄克 大人，您说的话太过高深。
要问我的心意，正是恳求
您的好意，应允这段姻缘，
今天就举行神圣的婚礼。
好神父，此事有劳您相助。

里奥那托 承蒙青睐，我由衷地赞成。

弗朗西斯神父 我也愿意效劳。

亲王唐·彼德罗与克劳狄奥及众侍从上

唐·彼德罗 早安，诸位朋友。

里奥那托 早安，殿下；早安，克劳狄奥。
我们已在此恭候多时，您是否
不改初衷，今日与舍侄女成婚？

克劳狄奥 即使她是黑人，我也决不反悔。

里奥那托 贤弟，唤她过来。神父已准备好。 安东尼奥下

唐·彼德罗 早安，培尼狄克。啊，怎么了？
你的面容好似二月的天空，
布满了寒霜、阴云与暴风。

克劳狄奥 我猜他正想着那头野牛。
朋友，别怕！我们给你的角镶金。
让整个欧罗巴[1]都为你倾心，

1 欧罗巴：指欧洲。

正如欧罗巴公主钟情于
为爱化身公牛的风流天神。[1]

培尼狄克 这公牛天神叫得怪风流，
一次看上令尊的老母牛，
再施绝技，生下头小牛犊，
和你酷似，都叫得呼噜噜。

里奥那托之弟安东尼奥、希罗、贝特丽丝、玛格丽特与欧苏拉上，众女各戴面具

克劳狄奥 这笔账先记下，另一笔账来了。
我应当领走哪一位姑娘？

安东尼奥 就是这位，我将她交与您。

克劳狄奥 啊，那么她是我的了。亲爱的，让我看看您的脸。

里奥那托 不，要等到您在神父面前
与她执手许下婚姻的誓言。

克劳狄奥 请把您的手给我，在神父面前。
我就是您的丈夫，如果您情愿。

希罗 当我活着，我曾是您另一个妻子。
当您爱我，您曾是我另一位丈夫。（摘下面具）

克劳狄奥 又一个希罗？

希罗 千真万确。
一个希罗已经含冤而死，
可我活了下来，活得清清白白。

唐·彼德罗 正是原来的希罗！死去的希罗！

里奥那托 殿下，当谣言风行之时，她确实已经死过一次。

弗朗西斯神父 种种疑惑留待我来解除，

1 指天父乔武爱上欧罗巴（Europa）公主，化身公牛将她驮走。

等神圣的仪式完成，我会
细说希罗如何起死回生。
现在请将奇迹视作寻常，
让我们立刻动身去教堂。

培尼狄克 请稍待片刻，神父，哪一位是贝特丽丝？

贝特丽丝 我就是，不知有何见教？（摘下面具）

培尼狄克 您不是爱我吗？

贝特丽丝 啊，没有，我只是合情合理地对待您。

培尼狄克 这么说，您的叔父、亲王和克劳狄奥
都被骗了——他们发誓说您爱我。

贝特丽丝 您不是爱我吗？

培尼狄克 说真的，没有，我只是合情合理地对待您。

贝特丽丝 这么说，我的妹妹、玛格丽特和欧苏拉
都上当了——她们信誓旦旦说您爱我。

培尼狄克 他们发誓说，您为了我几乎茶饭不思。

贝特丽丝 她们赌咒说，您为了我整天寻死觅活。

培尼狄克 没这回事。那么，您不爱我吗？

贝特丽丝 不，真的，只有朋友的情分。

里奥那托 得啦，侄女，我敢保证你爱着这位先生。

克劳狄奥 我也敢发誓他爱着这位小姐。
这首蹩脚情诗，是他亲笔所写。（展示一纸）
搜肠刮肚，也没能把格律弄对，
里面句句都将贝特丽丝赞美。

希罗 这里还有一首诗，
是姐姐亲笔，从她口袋里偷来。（展示另一纸）
满篇诉说着她对培尼狄克的爱。

培尼狄克 咄咄怪事！我们亲手写出来的东西竟然和心里所想的南

辕北辙。好吧，我娶你就是了，可是皇天可鉴，我娶你是因为可怜你。

贝特丽丝 我不想拒绝您，不过苍天在上，我勉为其难答应您，是看在大家殷勤相劝的情面上，另外也是为了救您的命，因为我听说您正在日渐憔悴下去。

里奥那托 废话少说，看我封住你们两个的嘴！（使贝特丽丝与培尼狄克接吻）

唐·彼德罗 你好哇，“已婚男人培尼狄克”？

培尼狄克 殿下，我跟你说吧，就算有一大帮轻薄之徒围着我取笑挖苦，我的决心也不会有丝毫动摇。一两首冷嘲热讽的打油诗，你以为我会放在心上吗？不，一个人如果连几句俏皮话都招架不住，那就干脆连件像样的衣服也别穿出门了。简单一句话，既然我想结婚，任凭世人怎样嚼舌根子，我都只当是耳边风。所以也不必抓住我以前说过的什么反对结婚的话，就纷纷来嘲笑我。因为人本来就是个反复无常的东西，这就是我的结论。至于你，克劳狄奥，我本想揍你一顿，不过眼看着你就要跟我结为连襟了，我就免了你的皮肉之苦，放你好好爱我的小姨子去吧。

克劳狄奥 我倒真希望你会拒绝贝特丽丝，那样我就可以狠狠地揍你一顿，让你再也不敢做你的单身汉——到时候要是我的大姨子不把你看得死死的，以你这副德行，铁定倒成了个负心汉。

培尼狄克 得了得了，咱们是老朋友了。在婚礼之前，我们一块儿来跳支舞，让我们的心和我们妻子的脚跟一起，都轻盈地动起来吧。

里奥那托 等婚礼结束了再跳舞吧。

培尼狄克 听我的，先跳舞！奏起音乐来。殿下，你的脸色怎么这么凝重。讨个老婆吧，讨个老婆吧。世上再也没有比戴上一顶绿帽子的丈夫更受人尊敬的啦。

一使者上

使者 殿下，您逃亡的兄弟约翰被抓，
现已由武士们押送回墨西拿。

培尼狄克 别管他，明天再说吧。
我会为他想出个绝妙的惩罚。
笛手们，吹起来吧！ 跳舞，众人下

译后记

解　村

《无事生非》的重译历时近半年，与莎翁朝夕晤对，深入角色的内心世界，在文字的肌理之间抉隐发微，此中有无限乐趣。通过这次重译，莎翁的声音又一次跨越时空，在今日的汉语中回响，可谓一次奇妙的远游。

译者才力有限，枯肠秃笔，难以尽得其妙。幸而有诸位前辈珠玉在前，为我提携指引。拙译于朱生豪、梁实秋、方平三位先生的译本多有借鉴和承袭之处，不敢掠美，在此向三位先生致敬。

“未及前贤更勿疑，递相祖述复先谁。”如辜正坤教授所言，经典作品的翻译，必经筛选、积淀与重译的历史过程。本雅明（Benjamin）则认为，每一次翻译都是原作生命的一次延续，不同的译本共同“看护”着原作，使之日臻丰富、成熟。英语的“莎士比亚”已在历史的深处岿然屹立，而汉语的“莎士比亚”则需要往来的译者付出苦心与匠心共同塑造。在这个意义上，希望译者所做出的微不足道的努力，能够对莎剧翻译的伟大事业有所贡献。

感谢辜正坤教授对该剧的翻译所给予的支持与引领。

2016 年 1 月 17 日